KB060912

시커의 영역

새
소설

10

시커의 영역

이수안 장편소설

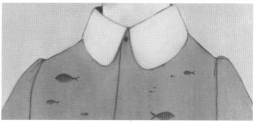

자음과모음

차 례

마법이란 자신의 자아와 환경을 이해하는 학문이다.

— 알리스터 크롤리(Aleister Crowley), 1875~1947

I

마녀의 딸

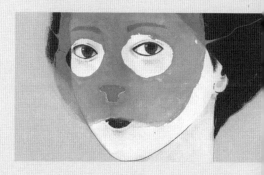

믿음원칙

엄마는 타로 카드로 점을 치는 사람이었다. 오래된 목조 주택의 아래층이 엄마의 상담실이었다. 가구라고는 일인용 소파 두 개와 카드를 펼칠 수 있는 널찍한 원목 테이블이 전부였다. 남쪽으로는 펜타클✪ 문양이 새겨진 동그란 창이 있어 동백나무에서 기생하는 겨우살이를 볼 수 있었다. 살림집으로 쓰던 위층에서 내가 숙제를 하거나 공부하는 척 딴짓, 주로 허무맹랑한 공상 따위를 할 때면 아래층에서는 이런 소리가 들려왔다.

석석석 쉬리리릭 척척 치익-띡.

일흔여덟 장의 타로 카드를 뭉텅뭉텅 섞어서 꽁지깃 모양으로 펼친 다음, 무작위로 골라낸 몇 장을 스프레드 천

위에 사뿐히 내려놓는 소리. 내가 엄마 배 속에서부터 들었던 그 소리는 저녁 짓는 냄새처럼 나른한 허기와 평온감을 주었다.

엄마를 찾아오는 이들은 무언가를 구하는 사람들이었다. 간절한 바람이나 골치 아픈 문젯거리를 안고 와서, 생잡이로 뽑아낸 몇 장의 카드에서 일말의 힌트라도 얻고자 했다. 이론적으로는 일흔여덟 장의 카드가 뽑힐 확률이 모두 동일하지만 반드시 똑같은 확률로 선택되는 것은 아니었다. 무작위성이야말로 타로 카드 점술의 핵심이었다. 똑같은 카드를 뽑았다고 해석이 같은 것도 아니었다. 시커*의 질문과 상황에 따라, 혹은 성향이나 마음가짐에 따라 미래는 얼마든지 달라질 수 있었다.

카드를 섞고 뽑을 때마다 하나의 질문만이 유효했다. 그 질문은 매우 구체적이어야 했다. 이를테면 한 사람의 재물운이나 연애운을 물을 게 아니라, 이번 달 영업 실적이 오를 것인지, 소개팅에서 만난 사람에게 연락이 올 것인지를 물어야 했다.

"잠깐 만나다 헤어진 남자에게 연락이 왔어요. 한 번만 더 기회를 달라는데 만나도 될까요?"

---

* '찾는 사람(seeker)'이라는 의미로 타로점을 보러 온 사람을 뜻한다.

석석석 쉬리리릭 척척 치익-띡.

때로는 질문 속에 이미 답이 있었다.

"다른 여자가 있었어요. 완전히 정리했다는데 사실일까요?"

석석석 쉬리리릭 척척 치익-띡.

그들에게 필요한 건 심증을 지그시 눌러줄 문진(文鎭)이었다.

"사실 그 여자가 먼저였고 저를 나중에 만난 거예요. 이 남자 또 그럴까요?"

석석석 쉬리리릭 척척 치익-띡.

혹은 자기 고백을 들어줄 누군가거나.

"그런데요, 실은 저한테도 7년이나 만난 딴 남자가 있어요."

질문은 꼬리에 꼬리를 물고 이어졌다. 엄마는 시커가 골라낸 일곱 장의 카드를 헥사그램 형태로 배열하고 한 장씩 뒤집어 읽었다. 카드에 묘사된 그림의 상징을 읽는 것인데, 좀 더 정확히 말하자면 떠오르는 심상을 읽는 거였다. 카드의 의미를 이해하는 것과 질문에 적용시켜 해석하는 것은 다른 차원의 일이었다. 추상적인 관념을 구체적인 언어로 변용하는 작업이 필요했다. 그런 면에서 엄마는 천부적인 타로리더였다. 엄마는 아득한 전설처럼 함축적인 은유가 가득 찬 해석을 먼저 내놓았다. 시커들이 아리송한 표정을 지을 때쯤, 현실적인 설명을 명쾌하게 덧붙이는 식이었다. 그러면 십중팔구는 '아하' 하는 표정이 되었고 깨우침의 즐거움을 누렸다.

모든 점괘가 좋을 수는 없었다. 결과에 따라 시커들의 반응도 다양했다. 다시 한번 봐달라고 들러붙는 애원형, 저녁 메뉴까지 결정해달라는 의존형, '뭘 안다고 지껄이냐'는 불쾌형, 그럴 리 없다는 부정형, 그럴 줄 알았다는 체념형.

때로는 거짓말을 섞어가며 엄마를 슬쩍 떠보는 부류도 있었다. 그들은 얼마나 용한지 두고 보자는 식의 무용한 집념에 사로잡혀 있었다. 매사에 의심이 많거나 예민한 기질을 타고난 사람들도 있었다. 그들은 어떤 점괘가 나와도 받아들이기 힘들어했고, 엄마는 이들을 '검은 안대를 한 사람들'이라고 칭했다. 그들에겐 현실을 직시하는 용기가 필요했다. 이를테면 자신이 제 발로 '점'을 치러 왔다는 사실을 인정하는 것 말이다.

사람들은 스스로가 과학적 사고를 하는 지성인이라는 믿음 또는 종교인으로서의 양심 같은 것에 압도되어, 자신이 AI도 아니고 예수 그리스도도 아닌 한낱(혹은 거룩한) 인간에 불과하다는 사실을 종종 잊곤 한다. 인간은 마음이

약해지거나 불안할 때, 가끔씩은 그저 재미로 점을 친다. 물론 모두가 그런 것은 또 아니다. 점을 보는 것도 사실 개개인의 기호에 달렸을 뿐이다.

어쨌거나 변변한 간판도 없이 문패에 '이연타로'라고 삐뚤빼뚤한 글씨만 적힌 가정집 1층에서 엄마는 타로점을 쳐주고 돈을 벌었다. 내가 중학생이던 시절이 호황기였다. 엄마에게는 매일 여남은 명의 내담자가 찾아왔다. 예약 없이 왔다가 허탕을 치고 가는 사람들도 있었다. 누군가 SNS에 올린 글이 도화선이었다. 상담이 끝나고 사진 좀 찍어도 되냐고 수줍게 묻던 대학생이었는데 엄마는 그녀 얼굴을 멀거니 보다가 고개를 끄떡였다. 역광에 묻혀 실루엣만 드러난 엄마의 사진과 함께 #마녀 #타로점 #심리상담 #짝사랑 #고민상담 해시태그가 붙었고 우리 집은 사진 명소가 되었다. 식당이든 병원이든 점집이든 사진이 잘 나와야 성공하는 시대였다.

오컬트적인 엄마의 비주얼도 '이연타로'의 성업에 큰 몫을 했다. 엄마는 계절을 막론하고 검은 옷을 입었다. 여름에는 시폰, 겨울에는 벨벳 소재의 샤스커트에 펠트로 만든 모자를 즐겨 썼다. 마녀 고깔에서 뾰족한 부분만 잘라낸 형태였다. 눈매를 따라 위아래로 굵게 그린 아이라인과 도발적인 붉은 입술은 그로테스크한 오라의 화룡점정이었다.

내가 엄마의 남다른 의복 취향을 의식하기 시작한 건 유치원에 입학하고부터였다. 유치원 선생들은 나를 등하원 시키는 엄마를 매일 보고도 매일 놀랐다. 기묘한 분위기 때문이었을 것이다. 엄마는 그 시절 이미 오십 줄에 가까웠고 나와는 닮은 구석이 한 군데도 없었다. 엄마를 보고 울음을 터뜨리는 아이도 있었다. 한 친구가 '단이 엄마 마녀다!'라고 한 뒤로 나는 마녀 딸이 되었다. 나는 녀석을 흠씬 두들겨 팼고, 훗날 그는 나와 가장 친한 친구가 되었다. 어쩌면 그 친구야말로 우리 엄마가 마녀라는 것을 처음 직관적으로 인정한 사람이었다. 어쨌든 엄마의 차림새는, 의도한 것은 아니지만 시커들을 압도하는 주효한 전략이었다.

시커들은 첫눈에 반한 연인처럼 어딘지 처연한 구석이 있었다. '이연타로'가 번창하던 무렵, 나는 시커들의 유형에 관해 바를 정(正) 자를 표기하는 나름 체계적인 방법으로 통계를 내본 적이 있다. 일주일 동안 엄마를 찾아온 108명의 시커들을 대상으로 했다. 그 결과 긍정/체념형이 19명, 애원형 12명, 의존형 17명, 불쾌형 5명, 위협형이 한 명이었고 나머지는 어떤 범주에도 넣을 수 없다는 사실을 알게 됐다. 그들은 그저 답을 찾아 헤매는 심상한 인간들이었다. 엄마는 그들이 지목한 미래의 한 장면을 특별한

현미경으로 들여다볼 뿐이었다. 점괘를 받아들일지 말지 선택하는 것은 시커의 영역이지 리더*의 관할이 아니었다. 어떤 경우에도 카드를 읽는 사람은 시커의 영역을 침범하면 안 된다.

때때로 셀럽들이 엄마를 찾아왔다. 연예인, 운동선수, 정치인과 펀드매니저도 있었다. 나는 2층 계단참에 몸을 숨기고 그들을 엿보았다. 엄마와 그들이 나눈 대화에 대해서는, 친구들의 온갖 회유와 협박에도 넘어가지 않고 함구했다. 그 정도 상도덕은 알 만한 나이였다. 하지만 꼭 한 번 비밀 보장의 원칙을 깬 적이 있다는 것도 고백해야겠다. '단이 엄마 마녀설'을 전파한 절친 로운에게 걸그룹 멤버가 다녀간 일에 대해 발설하고 만 것이다. 나름대로 이유는 있었지만 어쨌든 직업윤리에 어긋나는 일이었다. 엄밀히 내 직업은 아니고 엄마의 직업이었지만.

그 시절 엄마에게 다녀간 많은 시커들 중에 보험설계사가 한 명 있었다. 월간 영업왕을 노리는 5년 차 설계사였다. 그는 좋은 카드를 뽑았고 고무적인 결과가 나왔다. 물론 어디까지나 가능성일 뿐이며 타로 카드가 미래를 확정 지을 수는 없었다. 이 원리를 잘 이해한 설계사는 상담

---

* '시커'와 대응되는 의미로 '타로를 읽는 사람(reader)'.

이 끝난 후 가능성을 현실화하기 위해 직접 나섰다. 엄마에게 보험을 팔기로 한 것이다. 그는 보장 내용을 설명하면서 '절대' '결코' '확실히' 같은 표현을 자주 사용했다. 엄마가 절대, 결코, 확실히 사용하지 않는 단어들이었다. 이때도 엄마는 물끄러미 보기만 했다. 엄마는 원래 말수가 적었다. 점점 탄력을 받은 설계사가 '미래는 아무도 알 수 없는 거다, 싱글맘이시니까 따님을 위해서라도'까지 말했을 때 엄마가 갑자기 덱*을 잡았다. 설계사는 말을 뚝 그쳤다.

석석석 쉬리리릭 척척 치익-띡.

엄마는 보험 가입 서류를 받았고 직업란에 '점술사'라고 적었다. 어느 지점에서 엄마가 마음을 정했는지는 모른다. 타로점을 보러 와서 미래는 아무도 알 수 없다고 장담하던 때인지, 싱글맘 운운하며 모성에 호소하던 순간인지. 역시 카드로 점을 쳐서 결정했는지도 모른다. 여하튼 나는 엄마가 직업란에 '마녀'라고 적지 않은 것을 다행으로 여겼다. 왜냐하면 엄마는 본인을 진정 마녀라고 믿었기 때문이다.

유치원 때 로운이 '단이 엄마 마녀다'라고 명명한 것과 무관하게 엄마가 마녀가 된 것은 훨씬 오래전 일이다. 엄

* 카드 한 벌.

마는 1974년 4월 미시시피강 상류의 미니애폴리스에서 열린 '봄의 마녀 모임'에 참석한 유일한 동양인이었다. 봄이라는 말이 무색할 정도로 매서운 날씨였지만 미국 마녀협의회, 일명 '아메리칸 카운슬 오브 위치스(American Council of Witches)' 멤버들은 미국 전역에서 속속 몰려들었다. 당시 열여섯 살이던 한국계 미국인 이연은 최연소 마녀로 집회에 참석해 마녀선언문을 낭독하는 영광을 얻었다.

"우리는 구시대의 문화와 전통에 얽매이지 않습니다. 특정 인물이나 권력에 충성하지도 않습니다. 인종, 피부색, 성별, 나이, 국적과 문화, 성적 선호에 차별을 두지 않습니다. 우리는 우리의 신념에 동조하는 모든 이들과 연대할 것을 선언합니다."

낭독을 마치자 박수갈채가 터져 나왔다. 이국적인 악센트를 가진 검은 머리 마녀를 모두가 홀린 듯이 바라보았다. 아직 애티도 벗지 못한 이연은 해시시 웃었고, 연단을 내려와 양어머니인 키르케 여사의 품에 안겼다. 나에게 이런 이야기를 전해준 레이디 벨라도나는 그날 이연의 내면에서 초자연적인 힘이 발현되었다고 말했다. 초자연적인 힘, 사람들이 마력이라고 부르는 그것.

나는 엄마가 모두를 깜짝 놀라게 할 마법을 부릴 거라는 기대를 안고 자랐다. 마법을 믿지 않는다면 그것만큼 딱

한 일이 없다. 마법은 악마의 술수나 사기꾼의 허풍이 아니다. 마녀들은 마력을 숨겨두었다가 필요할 때 꺼내어 발휘한다. 범상한 이들은 이게 두려워서 악마에 씌었다고 모함하기도 한다. 악마는 믿으면서 마법을 믿지 않는다는 것은 모순이다. (하지만 마녀들은 악마 따윈 믿지 않는다. 존재 자체를 믿지 않으니 신봉한다는 것은 더더욱 말이 안 되는 소리다.) 어쨌거나 인생을 살아가면서 누구나 마법 같은 순간을 경험한 일이 한 번쯤은 있을 것이다.

마녀협의회는 봄의 마녀 모임에서 위카*의 전통과 원리를 집약해 '믿음원칙'이란 것을 공표했다. 엄마 책장에서 믿음원칙 초안문을 본 적이 있다. 열여섯 살 여름방학 때였다. 붉은 가죽 표지에 마녀협의회 시그니처인 그믐달과 별, 그림자가 양각되어 있었고, 양피지처럼 누렇게 바래가는 내지에서는 쿰쿰한 냄새가 났다. 열세 개 항으로 나뉜 검은 글귀는 잉크를 뒤집어쓰고 살아 움직이는 유령 같았다.

그해 여름, 나는 엄마의 눈을 피해 믿음원칙을 한 조항씩 번역하며 시간을 허비했다. '허비'라고 한 것은 당시 고입을 앞둔 처지였기 때문이지만, 내 인생 전체로 봤을 때는 그보다 알차게 보낸 시간을 찾기 어려울 정도다. 번역

---

* 기예를 행하는 마녀들의 신앙 체계(wicca).

은 했는데 해석이 안 되는 문장, 해석은 되지만 이해가 안 가는 문장들과 여름내 씨름했다. 책상 위 선풍기가 달달거리며 돌아가는 동안 나는 원문과 번역한 문장들을 옮겨 적으며 나만의 '믿음노트'를 만들었다. 이를테면 이런 것이었다.

믿음원칙 제4항—우리는 섹스를 쾌락으로, 생명의 상징과 구현으로, 그리고 마법의 실행과 종교적 숭배에 사용되는 에너지의 근원으로서 소중히 여긴다.

아, 명료해. 나는 내 번역이 맘에 들어 한참을 우쭐했다. '완벽한 번역체 문장'이라는 것이 있다면 이런 게 아닐까. 열세 개의 믿음원칙을 나는 통째로 암기해버렸다. 누군가는 십계명을 외우고, 누군가는 지하철 9호선 역명을 외울 때 나는 믿음원칙을 외웠다. 마른풀을 태운 연기가 들판을 잠식하듯이, 믿음원칙은 소년기를 통과하던 내 안에 속속들이 스며들었다. 그것은 성장기에 섭취한 영양분처럼 나를 형성하는 데 일조했다.

에이단

엄마가 일상에서 보여준 소소한 마법들은 차치하고, 내 인생에 한 획을 그은 사건에 대해 말해볼까 한다. 한부모 가정에서 자란 아이들은 때때로 자신의 생물학적 기원에 대해 생각하게 된다. 절반의 유전자를 물려준 친부나 친모에 대해. 열두 살 때까지 나는 또래보다 늦된 아이여서 나이에 맞지 않는 순수함이랄까, 암튼 약간은 둔한 구석이 있었다. 나의 부계 혈통에 대해 궁금한 적이 있었지만 구체적인 상상으로 나아가지는 못했다. 기껏해야 TV 속 중년 배우나 또래 친구들의 배 나온 아버지를 보며 저런 사람일까 생각해보는 정도였다.

나의 아빠보다는 엄마의 연인을 상상하는 편이 쉬웠다.

내가 기억하는 한 엄마에게는 남자가 없었기 때문에 누구라도 대입이 가능했다. 외계인이거나 마법사였다고 해도 놀랄 일은 아니었다. 혹은 동정녀의 성스러운 잉태나 난생 신화의 주인공으로 나를 격상시키는 일도 가능했다. 엄마의 인생은 파면 팔수록 신기한 구석이 있었다. 그 당시 나는 〈신비한 TV 서프라이즈〉를 즐겨 봤는데, 세상에는 믿지 못할 일들이 왕왕 일어났고, 따지고 보면 그런 사건들도 그렇게 못 믿을 일은 아니었다.

열두 살 때까지 엄마에게 아빠에 대해 물어본 적은 없었다. 만일 그가 평범하기 그지없는 사람이라면 나의 환상은 깨질 것이고 그렇게 생각하면 조금 서글펐다. 자라면서 어쩔 수 없이 겪게 되는 결핍의 순간마다 나를 지탱해준 건 그런 환상이었기 때문이다. 그래서인지 생부를 처음 만났을 때, 조금 난처한 기분이 되고 말았다. 외계인이나 마법사는 아니었지만 뜻밖의 사람이긴 했다. 열두 살의 어느 여름날, 엄마와 팥빙수를 먹던 중이었다.

"아빠가 있었으면 좋겠어."

내뱉고 나니 어안이 벙벙해졌다. 무심코 나온 말 같았지만, 오랫동안 켜켜이 쌓인 생각들이 내압을 견디다 못해 터져버린 것이었다. 팥빙수가 기폭제가 된 것 같아 그 후로 나는 팥빙수를 먹을 때마다 실언하지 않도록 주의를 기울었다.

한 달 후 나는 엄마 손에 이끌려 해방촌의 가파른 비탈길을 올랐다. 걸으면서 나무 그늘 아래서 미끄럼틀이나 탔으면 좋겠다고 생각했다. 엄마의 샤스커트 자락이 느린 보폭에 맞춰 사르락댔다. 정수리에 내리꽂히던 징글징글한 볕의 열감과 정체 모를 고린내가 뒤섞인 텁텁한 공기. 그날의 일들은 내 믿음노트에 꼼꼼하게 기록되어 있다.

"여기가 달동네다."

엄마는 즐거운 비밀이라도 전하듯 그렇게 말했다. 무심코 하늘을 올려다보니 새파란 하늘에는 달 대신 이글거리는 햇살만 가득했다. 달은 어딘가에 꼭꼭 숨어 있을 터였다. 이 동네는 달의 비호를 받고 있을지 몰라. 그런 생각을 하자 나는 단번에 달동네가 좋아졌다.

비탈을 사이에 두고 엇비슷한 구옥들이 얼기설기 모여 있었다. 에이단은 칠이 벗겨진 파란 대문을 밀고 나왔다. 문처럼 파란 눈을 가진 남자였다. 론 위즐리를 닮은 삼십대 후반의 백인 남자, '에이단 매쿼리'가 나의 생물학적 아빠라는 사실을 나는 곧바로 알 수 있었다. 유치원 때 선생님에게 들었던 '우윳빛깔 단이' '속눈썹 공주 단이' 같은 애칭들이 그에게서 물려받은 유전자의 산물이라는 것을, DNA에 새겨진 정보를 해독하듯 나는 자연스럽게 받아들였다. 왜 그때까지 내가 혼혈이라는 사실을 몰랐을까. 나중에 로운은 이렇게 말했다.

"그러니까 너는, 반반 사람이구나."

반반 사람이라니, 나를 공격할 뜻으로 한 말은 아닐 테지만 은근히 불쾌해졌다.

"우리가 절반은 같은 인종이라는 게 기뻐."

로운이 그렇게 덧붙였기 때문에 나는 그 애를 용서했다. 로운은 우리 학교에서 유일한 백인이었다. 로운은 어쩌면 자신과 내가 아주 먼 과거에 한 핏줄이었을지 모른다고 추측했다. 그 말의 진위는 끝내 확인할 수 없게 되었는데, 스코틀랜드 성씨인 매쿼리는 켈트족이고 로운은 기나긴 뿌리 찾기를 통해 알아낸 바, 자신이 게르만족의 후예라고 결론 내렸기 때문이다.

에이단과 엄마는 짧게 포옹했다. 에이단은 감격에 찬 눈길로 나를 보았다. 무릎을 굽혀 내 키만큼 작아지더니 나를 와락 끌어안았다.

"이름이 뭐야?"

에이단이 물었고,

"이단."

엄마가 대답했다.

"내 이름에서 딴 거야?"

"아니, 내 이름에서. 나처럼 전주 이씨야."

엄마가 그렇게 말하자 에이단이 '으헉' 하는 이상한 소리를 내며 눈물을 쏟았다. 어른 남자가 눈앞에서 우는 건 처음이라 적잖이 당황스러웠다. 그리 보기 좋은 꼴은 아니었다.

"에이단, 네가 이 아이에게 뭐라도 해줘야 한다고 생각해."

그 말에 에이단이 거짓말처럼 눈물을 뚝 그쳤다.

"뭐? 뭘 말이지?"

"이를테면 무언가 교육적인 것."

"교육이라. 교육을 시키란 말이지?"

잠시 어색한 침묵이 흘렀다. 나는 12년 만에 생부를 만났다는 실감은 하지 못하고, '교육'이라는 단어가 주는 무게감에 눌려 발등만 내려다보고 있었다. 내게도 '아빠'라고 부를 수 있는 사람이 생겼다는(아니, 원래부터 있었으니 생겼다기보다는 찾았다는 표현이 맞을 것이다), 그런 기쁨을 깨닫고 누리기까지 시간이 필요했다. 돌이켜보면 나는 에이단을 만난 것이 정말 좋았다. 말 그대로 순수한 기쁨 그 자체였고, 그런 감동은 처음부터 아빠가 있는 아이들은 결코 느낄 수 없다.

에이단을 처음 본 날 타로점을 보았다면 메이저 아르카

나* 10번 '운명의 수레바퀴'를 뽑았을 것이다. 당시에는 알수 없는 일이었다. 나는 이미 벌어진 일에 맞아떨어지는 카드를 찾아보곤 했다. 카드로 미래를 점치는 것이 아니라 과거를 카드에 대입하는 것. 그것이 나만의 비밀 놀이였다.

그다음 주부터 나는 에이단에게 영어를 배우러 다녔다. 열두 살 아이에게 영어보다 더 교육적인 것은 없었던 모양이다. 한국말을 못하는 에이단이 가르칠 수 있는 게 없기도 했다. 엄마도 영어라면 유창했지만 자식 교육에 열의가 없었고, 내가 공부에 특기도 없던 터라 가르치려는 시도조차 하지 않았다. 어쩌면 영어 과외를 핑계로 일주일에 한 번쯤 나와 에이단이 만날 자리를 주선한 건지도 모른다. 처음에는 혼자 다녔지만 얼마 후부터 로운과 함께 갔다. 로운과 나는 어깨동무는 하지만 손을 잡는 사이는 아니었고, 함께 영어를 배운다는 명목으로 에이단의 집에 들락거린 후로 부쩍 가까워졌다.

그 여름, 내 아버지가 에이단 매쿼리라는 사실에 이어 부가적인 사항들도 잇따라 밝혀졌다.

엄마는 에이단보다 열다섯 살이 많다.

---

* '아르카나'는 비밀이라는 뜻으로 메이저 아르카나(Major Arcana)는 '큰 비밀'이다. 여기서는 78장의 타로 중 0부터 21까지의 숫자와 이름을 가지는 22장의 카드를 말한다.

두 사람은 결혼한 적이 없다. (당연히 이혼한 적도 없다.)

두어 계절을 함께 살았고, 10여 년은 헤어져 지냈다.

스물여섯 살 청년 에이단이 엄마를 찾아온 때는 세기말적 허무와 염원이 교차하던 1999년 초봄이었다. 그는 하와이에서 일본으로, 일본에서 한국을 거쳐 중국으로 가려던 배낭여행객이었다. 어깨에 배낭보다 더 큰 기타를 메고 얼굴 가득 불그죽죽 홍조를 달고 온 남자. 엄마는 에이단을 그렇게 기억했다. 그의 손에는 영문으로 된 여행안내서가 들려 있었다. 98면 하단에 '서울에서 영어로 타로점 보는 곳'이 소개되었는데 그곳이 '이연타로'였다.

에이단은 그날의 마지막 시커였다. 그의 첫 질문은 "'이연'이 뭐예요?"였고 엄마는 카드를 섞으려다 손짓을 멈췄다. 엄마가 자신의 풀 네임이라고 밝히자 그는 다시 무슨 뜻이냐고 물었다. '아름다울 연(嬿)'이나 '고울 연(妍)'이었으면 쉬웠겠지만 엄마의 이름은 '인연 연(緣)'이었다. '인연'이라는 단어에는 단순한 연결로는 설명되지 않는 깊고 근원적인 인과가 숨어 있다.

"당신이 이렇게 나를 찾아온 것."

에이단은 이 대답이 마음에 들었다. 두 사람은 해가 질 때까지 쉬지 않고 타로점을 쳤다. 그는 유난히 궁금한 것이 많은 시커였다.

　섹섹섹 쉬리리릭 척척 치익-띡.

　섹섹섹 쉬리리릭 척척 치익-띡.

　섹섹섹 쉬리리릭 척척 치익-띡.

　밤새도록 이 소리가 낡은 목조주택을 채웠다. 마침내 마지막 셔플이 끝나고 어둠 속에 차분한 정적이 내렸다. 엄마는 해가 뜨면 일을 시작하고 밤이 오면 영검한 달빛으로 심신을 정화하는 마녀였다. 그러나 이날만은 예외였다. 두 사람이 정월 대보름의 신성한 기운 아래서 우주의 양극성인 음기와 양기를 주고받기로 한 것이다. 엄마는 마녀협의회의 일원이자 실재하는 모던 마녀로서 '믿음원칙' 제4항을 경건하게 이행했다. 둘이 만들어낸 창조적 에너지로 인해 그해가 가기 전 내가 태어났다.

　에이단과 엄마가 운명처럼 첫눈에 반해 사랑에 빠졌으면 좋았겠지만, 그런 일은 쉽게 일어나지 않는다. 나는 그날 일에 대한 자세한 추적은 그만두기로 했다. 사건의 내막보다는 에이단이 그날 뽑은 카드가 무엇일까 오랫동안 궁금했다. 처음에는 메이저 아르카나 6번 '연인' 카드라고 생각했다. 비록 열두 살이었지만 너무 즉물적인 사고였다. 사춘기 무렵에 17번 '별' 카드로 마음을 바꿨다가, 지금은 18번 '달' 카드라고 확신하고 있다.

달 카드는 무의식이나 깊은 감정을 뜻하지만 동시에 미지에 대한 공포와 광기를 상징하기도 한다. 달의 영기가 아니었다면, 나는 한낱 먼지거나 희미한 에너지로 우주를 떠돌고 있을지도 모른다. 이것이 나의 탄생 설화다. 윤색과 감정이입이 있었지만 사실관계는 크게 벗어나지 않는다.

그 밤 이후 에이단은 중국으로 가려던 계획을 접고 엄마의 목조주택에서 몇 달을 머물렀다. 그 시절에 대한 기록은 없다. 엄마와 에이단의 기억 속에만 존재하는 시간이다. 그러나 나는 공식적인 서류와 기록을 통해 몇 가지 사실을 확인할 수 있었다. 에이단은 내가 태어나기 전에 한국을 떠났다. 원래 목적지였던 중국으로 가지 않고 미국으로 돌아갔다.

무엇이 그의 여정을 바꾸게 했는지, 한국에서 지내는 동안 행복했는지, 내가 태어날 것을 알면서도 떠난 것인지, 언젠가는 서로의 일과를 묻듯 가볍게 질문할 수 있기를 바랐다.

에이단은 고향인 뉴저지로 돌아가 낮에는 자동차 딜러로, 밤에는 바에서 공연하는 아마추어 가수로 활동했고, 나를 만나기 이틀 전 한국으로 돌아왔다. 그는 엄마에게 이메일을 받았기 때문이라고 회고했지만 엄마는 그런 기억이 없다고 했으니 이 점은 영원히 미궁에 빠져버렸다.

영어 교습

또래 아이들이 '진짜' 영어학원에 다닐 때 로운과 나는 교과과정이나 입시와는 상관없는 '리얼' 잉글리시를 배우기 시작했다. 에이단의 영어 수업 전략은, 만약 전략이란 게 있다면 말이지만, 음악 활용과 반복 학습이었다. 구체적으로는 이랬다. 에이단이 어쿠스틱 기타(에이단은 원래 록밴드 출신인데 어떤 연유로 깁슨 일렉트릭 기타를 팔아야 했다)를 연주하며 노래를 부른다. 그날 무드에 따라 블루스가 될 수도 있고 컨트리뮤직이 될 수도 있었다. 한 곡으로 끝날 때도 있지만 두 시간 넘는 메들리가 이어지기도 했다. 로운은 노래에 맞춰 춤을 췄다. 긴 팔다리를 휘뚜루마뚜루 휘젓는 모습이 바람풍선 같았지만, 시선을 잡아끄는 뭔가가 있었다.

에이단은 비탈길 주택의 2층에 세 들어 살았다. 작은 발코니가 딸린 원룸형 방이었다. 지붕 모양대로 경사진 벽을 따라 기다란 들창이 나 있고 그 아래 수납장이 있었다. 에이단은 거기 걸터앉아 오른쪽 발목을 까딱이며 기타를 연주했다. 선반에는 미모사 화분이 있었는데 꽃대 끝에 알사탕만 한 연분홍 꽃들이 피었다. 에이단의 노래가 절정에 이를 때면 미모사는 새삼 놀란 듯 잎을 오므리곤 했다.

노래가 끝나면 에이단은 냉장고에서 버드와이저를 꺼내 마셨다. 로운과 나에게는 오레오와 프링글스를 내주었다. 에이단은 맥주 한 병을 단숨에 마셔버렸지만 두 번째 병은 손에 쥐고 빙글빙글 돌려가며 천천히 마셨다. 이야기를 시작하겠다는 신호였다. 매번 똑같은 레퍼토리에 살만 조금씩 붙인 이야기여서, 여름이 끝날 무렵엔 나도 같은 얘기를 영어로 할 수 있게 되었다. 반복 학습의 효과는 놀라웠다.

에이단은 이런 이야기를 했다.

"1996년 가을이었을 거야. 스물두세 살쯤이었어. 뉴욕 이스트 강변 근처에서 순전히 재미로 히치하이킹을 했지. 서너 번 시도 끝에 검정 세단이 내 앞에 멈춰 섰고, 운전자가 창문을 내리고 물었어.

'어디로 가나, 버디?'

놀랍게도 그 사람은 모건 프리먼이었어. 〈다크 나이트〉에 나온 바로 그 모건 말이야. 나는 '당신과 같은 방향'이라고 외치고 잽싸게 차에 올랐지. 당장 그의 볼에 키스라도 할 요량이었어. 하지만 그는 신사답게 악수를 청했어. 우리는 처음 만난 사람끼리 나눌 만한 대화를 이어갔어. 그런데 말이야. 어째선지 그는 자신이 모건 프리먼이라는 사실을 끝까지 부정하는 거야. 뉴욕에서 셀럽을 만나는 건 놀라운 일이 아닌데, 그가 아닌 척한다는 사실이 이상했어. 하지만 그럴 수도 있겠다 싶었어. 유명세란 때론 피곤한 일이니까. 나는 비밀을 지켜주겠다는 뜻으로 한쪽 눈을 찡긋했지. 그가 껄껄 웃더군."

나와 로운은 모건 프리먼이 누군지 몰랐지만 에이단의 말에 열심히 귀를 기울였다. 열심히 듣지 않으면, 점점 빨라지는 에이단의 영어를 알아듣기 힘들었다.

"몇 개월이 지나고 결국 그 이유를 알게 됐어. 그는 진짜로 모건이 아니었던 거야. 이듬해 1월에 그가 유엔 사무총장에 선출되어 전 세계 뉴스 헤드라인에 등장했거든. 내가 모건이라고 부를 때마다 그는 자신을 '코피'라고 불러달라고 했어. 금요일에 태어난 아이라는 뜻이지. 나는 모건이 예명인 줄 알았지."

로운이 짧은 감탄사를 내뱉으며 끼어들었다.

"아! 저도 그런 적 있어요. 우리 동네에서 제일 큰 집에 사는 아저씨가 TV에 나오는 윤문식 할아버지랑 똑같이 생겼거든요. 진짜 연예인인 줄 알고 우리 할머니한테 사인까지 받아다 드렸다니까요."

세상에는 비슷하게 생긴 사람들이 많은 모양이다. 나는 인터넷으로 모건 프리먼과 코피 아난을 검색해보았는데, 머리가 하얗게 샌 흑인 남성이라는 점을 빼면 그다지 닮은 것 같지 않았다. 그에 비하면 로운의 옆집 아저씨는 배우 윤문식과 헤어진 쌍둥이가 아닐까 싶을 정도로 판박이였다.

하루는 이런 이야기도 들었다.

에이단은 학창 시절 '21세기 보이스'라는 5인조 록밴드의 기타리스트였는데, 멤버들과 함께 라스베이거스에서 열린 악기 페스티벌에 간 적이 있다. 축구장 다섯 배 넓이의 박람회장에는 인류 역사에 존재한 거의 모든 악기들이 있었다. 더불어 온갖 독창적인 소음도 있었다. 그랜드피아노와 호른, 비파와 칼림바, 징과 심벌즈가 어우러져 해괴한 악성을 만들어냈다. 마치 악령들의 합창 같았다고 에이단은 회고했다. 어떤 악기는 산양이 젖 짤 때 내지르는 비명을, 다른 악기는 만성 천식 환자의 기침 소리를 냈다. 에이단은 매번 그 소리를 재연하는 데 실패했지만 나와 로운을 웃기는 데는 성공했다.

에이단과 '21세기 보이스'는 소음의 아수라장을 지나 마틴 기타 부스에 도착한다. 극한의 데시벨로 피로감을 느끼던 그들은 여기서 인내심의 한계에 다다른다. 입장을 기다리는 대기 줄이 끝 간 데 없이 길었던 것이다. 드러머인 캐빈이 인파를 헤치고 스태프에게 성큼성큼 다가갔다.

"대체 뭐 하는 줄입니까?"

동시에 캐빈의 말이 되울렸다. 누군가 허밍으로 음의 고저를 흉내 내고 있었다.

"무슨 소리지?"

다시 메아리가 울었다. 이번에는 더욱 분명한 공명이었다.

에이단은 발끈했다.

"누가 캐빈을 놀리는 거야? 누구야?"

말은 끝나기 무섭게 메아리가 되어 돌아왔다. 전투력을 상실한 보이스는 울림의 근원지를 확인하고 입이 벌어졌다. 범인은 유러피안 스프루스로 제작된 마틴 기타였다. 기타는 안전 펜스 너머에서 소리의 파동에 맞춰 맑고 길게 떨었다.

에이단의 이야기가 끝나고 우리는 잠시 각자의 생각에 빠져들었다.

"에이, 말도 안 돼. 기타가 어떻게 사람 말을 따라 해요?"

내가 말했고,

"진짜야. 이단, 진짜라고."

하면서 에이단은 기타 소리를 모사하기 시작했다. 한동안 로운은 에이단의 기타 소리 모사를 모사하고 다녔다.

21세기 소년을 꿈꿨던 에이단은, 21세기에 아저씨가 되어 내 곁에 머물렀다. 덥고 습한 바람이 불어와 노란 커튼이 날리고, 미모사가 바르르 떨며 잎사귀를 움츠렸던 날들. 그해 여름, 내 카드는 메이저 아르카나 0번 '바보'였다.

열두 살 때 시작된 영어 교습은 로운과 내가 중학교에 입학한 후에도 계속되었다. 학업에 도움이 되지 않는다는 게 성적표로 입증되었지만, 우리는 성적에 연연할 만큼 우등생은 아니었다.

에이단과의 시간이 늘 즐거웠던 것은 아니다. 울적한 날도 많았다. 다만 그런 날들은 좋았던 날만큼 기억에 선명하지 않다. 에이단에게는 이상한 신념이 하나 있었는데, 자신이 지독하게 운이 없다는 믿음이었다. 그런 것을 신념이라고 할 수 있을지 모르겠지만, 그는 확신에 차 있었다. 세상에서 제일 재수 없는 사람들을 일렬로 세우면 자신이 선두가 될 거라고 했다. 로또 같은 행운은 바라지도 않았다. 흔한 경품 추첨이나 제비뽑기에서도 늘 꽝이었으니까. 내기에서는 항상 최악의 패를 뽑았다. 특정한 조건이나 상황에서가 아니라 인생 전반에 걸친 고약한 징크스였다. 새 신발을 신고 나가면 물웅덩이를 밟았고 새 모자를 쓰면 새똥을 맞았다. 애리조나사막에서 뇌우를 만나는 희귀하게 재수 없는 일을 당하기도 했다. 도넛 가게에 줄을 서면 바로 앞에서 매진되었고, 벼르다 찾아간 북촌의 맛집은 임시휴일이었다. 불운 귀신이 한국까지 따라온 것이다!

한번은 이런 적도 있었다. 맥줏집에서 꽝 없는 경품 이벤트를 했는데 손님 모두가 맥주 한 잔, 나초 한 접시 혹은 10프로 할인쿠폰 같은 걸 받았다. 에이단이 추첨 통에서 뽑은 것은 아무것도 적혀 있지 않은 백지였다. 우연한 실수로 벌어진 일이었다. 다시 추첨할 기회가 제공됐지만 에이단은 거절했다. 다시 백지가 나올까 봐 두려웠던 것이다.

나는 그런 믿음은 미신이며 제비뽑기에는 아무런 과학적 근거가 없다고 주장했다. 에이단이 추첨 통에서 백지를 뽑게 하기 위해 세상이 요상한 조화를 부릴 수는 없었다. 어쩌면 그날 백지를 뽑은 사람이 에이단 말고도 있었을지 모른다. 그들은 사소한 우연 따위에 연연하지 않고 재추첨을 통해 더 큰 경품을 받았을 수도 있다. 이런 내 주장을 에이단은 가볍게 묵살했다. 그는 확률과 경향성에 대한 장광설을 늘어놓았다. 자신이 운 나쁜 사람이라는 확신은 통계를 바탕으로 한 합리적 판단이라고 했다. 그는 우연히 반복된 불운을 불문율처럼 믿는 사람이었다.

그에게 자동차 딜러라는 직업은 재난에 가까웠다. 고객은 계약서에 서명하기 전 마지막 순간에 마음을 바꿨다. 간신히 판매한 차량은 결함이 발견되어 무더기로 리콜되었고 그럴 때마다 자동차 회사 대신 에이단이 고객의 신임을 잃었다. 회사는 여전히 성업 중인데 에이단은 직장을 잃었으니 틀린 말도 아니었다.

에이단의 어린 시절 꿈은 기타리스트였다. 그의 꿈을 막아선 불운 행렬은 밤새워 이야기할 수도 있었다. 중요한 오디션이 있던 날은 자동차 타이어가 펑크 났고, 하필 그날은 운송조합 파업으로 버스가 다니지 않았다. 친구 차를 빌려서 간신히 도착했을 때는 오디션이 이미 끝난 후였다. 어렵게 오른 첫 무대에선 그의 공연을 비웃기라도 하듯 기타 줄이 툭 끊어져버렸다.

이런 이야기를 할 때면 에이단에게는 묘하게도 우울한 활력이 솟아났다. 자신의 불운을 믿으려는 일종의 열의가 느껴졌다. 어느샌가 나도 그의 말을 기정사실로 받아들이고 있었다. 좋지 않은 징조였다. 불운만을 선별하는 기억으로 인해 우리가 함께했던 좋은 날들을 일거에 지워버려서는 안 된다. 불운이 일어나지 않았던 숱한 날들은 단지 기억에 남지 않았을 뿐이다.

레이디 벨라도나

　그즈음 우리 집에 특별한 방문객이 찾아왔다. 맑게 갠 가을 오후였다. 부엌에서 뱅쇼를 만들던 엄마가 초인종이 울리자 내게 나가보라고 했다. 현관 앞에 커다란 짐 꾸러미를 든 거구의 사람이 서 있었다. 풍성한 백발이 폭포수처럼 쏟아져 내렸고, 어깨에 두른 성긴 숄은 레이스 식탁보를 연상시켰다. 미국 세인트폴에서 왔다는 그 손님은 자신을 '레이디 벨라도나'라고 소개했다. 초록색 그믐달과 별 모양이 포개진 펜던트를 걸고 있어서 나는 그가 마녀협의회 일원임을 알아차렸다. 마녀 회원을 실제로 본 것은 엄마를 제외하곤 처음이었다. 적어도 마녀협의회가 실존한다는 것이 증명된 셈이었다. 레이디 벨라도나의 나이와 성별은 도통 짐작하기 어려웠는데, 5백 살 먹은 여장 남자처럼 보였다. 다행히도 그는 몹시 쾌활하고 생기 넘쳐서 성별이나 나이는 별로 신경 쓰이지 않았다. 그가 문가로 바투 다가섰다.

"어디 보자. 네가 단이구나."

어쩐지 기에 눌린 나는 한 걸음 물러섰다. 나는 목소리를 가다듬고 짐짓 태연한 척했다. 몇 해 동안 에이단에게 배운 회화 실력을 드디어 뽐낼 순간이었다.

"네, 이단이에요. 안녕하세요?"

"그래? 내가 맞혔네?"

레이디 벨라도나는 호탕하게 웃었다.

'맞힌 게 아니라 엄마에게 들은 거겠지.'

나는 손님에게 버릇없게 굴고 싶지 않아서 어색하게 웃었다. 그는 나를 포옹하며 내 뺨에 자신의 뺨을 갖다 댔다. 옅은 허브 향이 났다. 레이디 벨라도나는 코를 킁킁대며 집 안으로 성큼 들어섰다.

"어디 보자. 정향이 듬뿍 들어간 뱅쇼구나. 내가 또 맞혔네?"

"벨라도나!"

엄마가 주방에서 외쳤다.

"이연!"

끝이었다. '그동안 어떻게 지냈니?'로 시작하는 의례적인 인사말은 없었다. 매일 만나는 사람들처럼 둘은 서로의 이름을 한 번씩 불러보기만 했다. 벨라도나는 엄마의 오랜, 어쩌면 유일한 친구였다.

우리는 둥근 탁자에 둘러앉아 팔각회향이 둥둥 떠다니는 뱅쇼를 마셨다. 열여섯 살인 내가 뱅쇼를 마시는 것에 아무도 토를 달지 않았다. 알코올이 날아간 와인은 달콤했다. 나른한 기운이 온몸으로 빠르게 번져갔다.

"역시 이연의 뱅쇼는 세계 최고야. 이 맛이 너무 그리웠어."

레이디 벨라도나가 몇 모금을 연거푸 마시며 말했다.

"어디 보자. 신기한 걸 보여줄까?"

그는 무지막지하게 커다란 보따리 속에서 검은 중절모자를 꺼내 나에게 건네주며 살펴보라고 했다.

"모자가 몇 개지?"

"한 개요."

나는 속임수를 놓칠까 봐 모자를 뒤집어 꼼꼼히 조사했다. 겹치거나 덧댄 흔적이 없는 홑겹 모자였다. 모자를 돌려주자 그는 조심스럽게 탁자 위에 내려놓았다. 그러더니 모자 위로 양손을 올리고 주문을 외기 시작했다.

"이-에이 아-에이 이-오 아-오 이-오 아-오 옙!"

나는 멀뚱히 앉아 그 장면을 지켜보았다. 벨라도나는 모자를 자기 머리에 얹고 다시 주문을 외웠다. 이번에는 영국 신사처럼 정중하게 모자를 벗어 내 머리에 씌웠다. 놀랍게도 벨라도나 머리 위에는 여전히 모자가 있었다. 나는 식겁해서 모자를 떨어뜨리고 말았다. 벨라도나는 다시 모자를 벗어 엄마에게도 씌워주었다. 그는 여전히 모자를 쓰고 있었다.

"자, 이제 모자가 몇 개지?"

"세 개요."

나는 취기에 오른 사람처럼 아쩔했다. 엄마를 봤더니 모자를 쓴 채 빙긋 웃기만 했다. 우리는 똑같은 중절모자를 쓰고 달착지근한 뱅쇼를 마시며 해가 저물도록 깔깔거렸다. 레이디 벨라도나는 우리 집에 머무는 동안 제법 기묘한 마술 몇 가지를 더 보여주었다. 그중 한두 개는 진짜 마법이라도 부리는 게 아닌가 싶을 정도로 감쪽같았다.

"어떻게 한 거예요?"

내가 물으면 그는 매번 같은 답을 했다.

"유튜브에서 배웠지."

그날 저녁, 레이디 벨라도나가 목욕하는 동안 나는 엄마를 도와 저녁을 준비했다. 당근과 양파, 파슬리를 넣고 뭉근하게 끓인 닭고기 수프였다. 덕분에 집 안이 훈기로 가득 찼다. 우리는 닭고기 살을 발라 마늘장아찌와 함께 먹었다. 오랜만의 포식이었다.

얼핏 잠에서 깼을 때, 아래층에서 나직한 말소리가 들렸다. 계단참에서 내려다보니 엄마와 레이디 벨라도나가 부엌 탁자에 앉아 있었다. 램프에서 퍼지는 노란 불빛이 두 사람을 둥글게 감싸 안았다. 벨라도나가 엄마의 손을 꼭 쥐고 이야기했다.

"이연, 1974년 봄의 마녀 모임을 생각해봐. 지금보다 더 힘든 상황이었지만 우리는 함께했잖아. 모든 마녀들의 의견을 하나로 통합하는 건 애초에 불가능해. 위카 정신에도 위배되는 일이야. 다양성을 인정하고 받아들여야 해. 충돌은 서로 조율하면서 해결해가자."

엄마도 입을 열었다.

"맞아. 우리는 봄의 마녀 모임에 갔었지. 벨라도나, 나는 겨우 열여섯 살이었어. 지금의 이단과 같은 나이야. 그런데도 다른 마녀들과 동등한 자격을 누렸어. 그것이 우리의 신념이었으니까. 그때는 모두가 가진 능력과 정보를 조건 없이 공유했어. 하지만 지금 협의회의 부흥을 주도하는 자들을 봐. 페이스북에 미끼 같은 페이지 하나만을 열어놓고 아무것도 공개하지 않잖아. 멤버도, 목표도, 계획도 모르는 채로 그들과 함께할 수 있을까?"

"우리의 신념은 여전해. 아직 공개하지 않은 이유는 아무 것도 정해진 것이 없기 때문이라고 했어. 내년 3월에 평의회를 구성하면 모든 게 명확해질 거야. 어쩌면 솔리터리 마녀*들이 목소리를 낼 수 있는 마지막 기회일지도 몰라. 이연, 우리는 힘을 모아야 해."

벨라도나의 간곡한 설득에도 엄마는 망설였지만, 초조해 보이는 쪽은 오히려 엄마였다. 나에게 제발 더 확실한 명분을 줘, 하는 것처럼 보였다.

"4년 전에도 케이 베리의 주도로 부활 시도가 있었던 거 기억하지? 그때도 협의회를 둘러싼 비밀스러운 기류 때문에 결국 실패로 끝났잖아. 그런 실패는 반복하고 싶지 않아."

4년 전이면 내가 에이단을 처음 만난 해였다. 12년 동안 모르고 살았던 아빠가 갑작스럽게 등장한 시기에 엄마는 무엇을 했던 것일까.

"이연, 이번엔 달라. 여러 네오파간 단체들이 관심을 보이고 있어. 무엇보다도, 칼 웨슈케가 이사회 출범을 허락했어."

---

* 혼자서 마녀술과 기예를 행하는 마녀.

칼 웨슈케라는 이름이 나오자 엄마의 눈동자가 빛났다. 나는 그 이름을 엄마의 믿음원칙 초안문에서 본 적이 있었다. 그는 1974년 마녀협의회를 소집한 초대 회장이었다. 마침내 레이디 벨라도나가 쐐기를 박듯 말했다.

"이연, 횃불은 전달되었어."

엄마의 옆얼굴이 램프빛을 받아 기이한 색을 띠었다. 그 낯선 광채를 바라보다가 침대로 돌아왔지만 도통 잠들 수가 없었다. 나는 믿음노트를 꺼내 두 사람의 대화 내용을 기억나는 대로 적어두었다.

동지가 왔다. 자연의 축일을 지키는 것은 마녀들에게 중요한 의식이다. 달이 차고 기울거나 계절이 오고 갈 때, 엄마는 이를 기리는 리추얼을 했다. 계절의 시작을 알리는 입춘, 입하, 입추, 입동 그리고 계절의 네 분지인 춘분, 하지, 추분, 동지를 마녀들은 '사밧'이라고 불렀다. 사밧은 '이연타로'의 정기휴일이기도 했다.

레이디 벨라도나가 사람들을 초대해 파티를 열자고 제안했다. 동지에는 가족과 친구들이 모여 왁자하게 놀아야 한다는 것이 그의 지론이었다. 엄마와 나는 즉시 찬성했지만 누구를 초대해야 할지 고민에 빠졌다. 여태껏 엄마의 지인이 우리 집에 온 적은 한 번도 없었다. 나 역시 철들고

부터는 친구를 집에 데려오는 일을 그만뒀다. 매번 엄마에 대해 설명하는 일이 번거로웠기 때문이다. 고심 끝에 우리는 로운과 그의 할머니 은길 씨, 배우 윤문식을 닮은 '이연타로' 단골 시커 준배 씨, 마지막으로 에이단을 초대하기로 합의했다.

나는 레이디 벨라도나와 함께 집 꾸미는 일을 맡았다. 낮 길이가 가장 짧은 날이어서 일찍부터 부지런을 떨었다. 벨라도나는 마당의 상록수에 작은 양초들을 매달며 연신 콧노래를 불렀다. 어딘지 요란스러운 데가 있는 마녀였다.

"어둠이 가장 긴 시기가 지나면 더욱 강렬한 태양이 온단다. 우리는 새로운 태양을 맞이하는 조산사 역할을 하는 거야."

'새로운 태양이 태어난다. 마치 아기가 태어나듯이.'

나는 이 말을 되새겨보았다. 벨라도나는 동백나무에 매달린 겨우살이를 발견하고 아이처럼 손뼉을 쳐댔다.

"이거 봐라. 겨우살이구나. 재밌는 얘길 해줄까? 켈트족 풍습에서는 겨우살이 아래서 마주친 사람과는 반드시 키스해야 한단다. 그렇지 않으면 평생 사랑을 찾지 못하는 저주에 걸려. 나는 네 나이 때 그 금기를 어기는 바람에 아직 저주에서 풀려나지 못했지."

벨라도나는 애틋한 손길로 겨우살이를 어루만졌다. 나

는 로운과 은길 씨가 들어설 대문께를 돌아보았다. 날이
저물고 있었다.

엄마는 목욕을 하고 깊은 명상에 들어갔다. 의식을 치
르기 전 심신을 정화하는 과정이었다. 뒷마당으로 연결되
는 북쪽 방이 엄마의 성소였다. 제단 위에는 마법 리추얼
을 위한 도구들—남신과 여신을 상징하는 작은 조각상과
물컵, 부채와 붉은 양초, 소금이 한 움큼 담긴 네모난 접
시—이 있었다. 그 방에 들어갈 때마다 나는 응축된 강렬
한 에너지를 느꼈다.

달이 솟아오르자 두 마녀는 북쪽 뒷마당에 내려가 리추
얼을 거행했다. 날이 흐려져 달빛은 일시에 사라졌고 눈이
조금 내렸다. 나는 남쪽 정원이 보이는 거실에 앉아 손님
맞을 채비를 했다.

로운

　로운의 집은 푸실마을 초입에 있었다. 여기부터 우리 동네라는 걸 알려주는 이정표 같았다. 우리 집은 굽은 길을 따라 10분쯤 더 올라가야 했지만, 슬레이트 지붕을 얹은 빨간 벽돌집이 보이면 이제 다 왔구나, 하는 생각에 마음이 놓이곤 했다. 엄마는 '이연타로'에 오는 길을 설명할 때마다 '옥상 있는 빨간 벽돌집을 끼고 오른쪽으로'라고 말했다.

　로운의 집 옥상에는 사시사철 원목 평상이 나와 있었고, 로운의 할머니 은길 씨가 어깨를 둥글게 말고 산나물을 다듬거나 옹기 닦는 모습을 누구라도 볼 수 있었다. 간소한 살림살이에도 은길 씨는 장독대만은 포기하지 않았다. 푸실마을 사람들은 철마다 그녀에게 된장과 장아찌를 얻어먹는 호사를 누렸다. 엄마가 28년간의 미국 생활을 접고 귀국했을 때, 푸실마을 입구에서 그 집을 보고 비로소 고향에 온 기분이 들었다고 했다.

로운은 할머니와 단둘이 살았다. 로운의 출생에 대해 알려진 것은 그의 부모가 프랑스인이라는 것뿐이었다. 어쩌다가 피 한 방울 안 섞인 은길 씨에게서 자랐는지는 여러 소문만 무성했다. 내가 처음 들은 얘기는 젊은 프랑스 여자가 한국에 와서 홀로 아기를 낳은 뒤 유기하고 돌아가버렸다는 이야기였다. 초등학교 친구들 사이에서 떠돌던 말이었는데 들을 때마다 살이 붙었다. 아이를 어떤 연유로 은길 씨가 맡아 키웠는지, 가장 중요한 정보가 빠져 있어서 신빙성이 없었다. 그 구전설화 같은 이야기 때문에 로운이 오래도록 상처받았다는 것만은 진실이었다.

또 다른 이야기도 돌았다. 은길 씨가 젊었을 때 프랑스에 유학을 갔는데 거기서 알게 된 친구 부부가 불의의 사고로 죽게 되자 그들의 아이를 입양했다는 것이다. 그러나 은길 씨는 프랑스에 가본 적이 없기 때문에 이 가설은 누군가 욕망을 투사해 지어낸 픽션임이 분명했다. 한동안 이 설이 회자된 것은 은길 씨가 웬 백인 남자와 프랑스어로 대화하는 모습이 목격되었기 때문이다. 사실 그 남자는 '이연타로'를 찾아오다가 은길 씨에게 길을 물은 것이었다. 나는 궁금증을 견디지 못하고 은길 씨에게 프랑스어를 할 줄 아느냐고 물었다. 그녀는 우아한 발음으로 'Un peu' 라고 대답했다. 은길 씨 말은 사실이었다. 그녀가 할 줄 아는 프랑스어는 간단한 인사말과 예, 아니오 정도였다.

은길 씨에게 초점이 맞춰진 이야기도 있다. 그녀가 프랑스 남자와 결혼했는데 그에게는 전처와의 사이에 아이가 하나 있었고, 그 아이가 로운이라는 거였다. 불행하게도 남편은 일찍 죽었고 혼자 남은 아이를 은길 씨가 키웠다는 이야기. 어느 작가 지망생이 지어낸 스토리인지 몰라도 허점이 너무 많았다. 일단 전처의 아이라기엔 로운이 너무 어렸다. 그래서 나온 곁가지가 남편의 혼외자설이었는데 사람들의 상상력이 바닥나자 소문도 시들해졌다.

그러거나 말거나 로운은 쑥쑥 잘도 자랐다. 열 살 무렵 할머니 키를 넘기더니 열여섯 살이 되자 웬만한 성인 남성보다 커졌다. 로운은 어리광이 심했다. 집에 도착하면 '할무니이' 하고 외치며 은길 씨 품으로 뛰어들었다. 정식으로 입양했거나 양자로 들였다면 '엄마'라고 부르는 게 자연스러웠을 텐데, 로운에게 은길 씨는 줄곧 할머니였다. 은길 씨는 오래전 프랑스인들이 모여 사는 서울의 한 마을에서 가사도우미로 일했다. 그녀가 프랑스인의 집에서 일한 사실이 로운과 어떤 연관이 있는지, 그저 우연일 뿐인지 우리는 알지 못했다. 다만 푸실마을에는 '이로운'이라는, 나처럼 이씨 성을 가진 섬세한 남자아이가 할머니와 함께 살고 있다는 것만은 흐뭇한 진실이었다.

'똥 푸실마을에 사는 괴로운.' 이것이 로운의 별명이었다. 때때로 '외로운'이나 '해로운'으로도 불렸다. '푸실'은 산자락 아래 외떨어진 우리 마을에 유난히 큰키나무들이 많아 붙은 이름인데, 옆 동네 아이들에겐 '똥 푸실마을'이 고유명사처럼 되어버렸다. 푸실마을이란 이름을 지은 공무원은 표창을 받았다던데, 우리는 그에게 민원이라도 넣고 싶은 심정이었다.

어린 시절 로운은 프랑스어는커녕 영어도 하지 못했다. 한국인 할머니 손에서 자란 아이니까 당연한 일이었다. 그러나 그의 밝은 피부와 푸른 눈동자는 사람들에게 유창한 외국어 실력을 기대하게 만들었고, 그는 번번이 누군가를, 심지어 처음 보는 사람마저 실망시키는 경험을 해야 했다. 그런 일이 반복되자 로운은 의기소침해졌다. 로운은 케이팝을 좋아했는데 한번은 아이돌 가수 Y와 비슷하게 머리를 검게 물들이고 얼굴에 태닝을 하고 나타나 우리를 놀라게 했다. 그 모습은 황인도 흑인도 아닌, 그을린 백인이었다.

"넌 좋겠다. 절반은 한국 사람이라서."

로운은 내게 이렇게 말했다.

"너도 한국 사람이야. 국적이 대한민국이잖아, 멍충아."

로운은 뭐가 웃긴지 히죽거렸다.

유치원 때까지만 해도 로운은 친구들과 그의 부모들에게 인기가 많았다. 같은 반에 백인 아이가 있다는 것을 알게 되면 자기 아이에게 친하게 지내라고 당부하거나, 집으로 초대하는 엄마들이 있었다. 그들은 장난감과 간식을 준비하고 아이가 로운과 어울리는 모습을 흡족하게 바라보다가, 로운이 한국말을 자기 아이만큼이나 잘한다는 사실에 놀란 다음 이렇게 말했다.

"로운아, 이제 영어 한번 해봐. 영어로 병원놀이 할까? 영어 동화책 읽어볼래?"

그들은 이내 로운이 자기 아이보다도 영어를 못한다는 사실을 깨닫고 당황했다. 그래도 그런 이유로 로운을 박대할 만큼 양식 없는 사람들은 아니었다. 로운은 귀엽고 예의 바른 아이였다. 그러나 예쁜 아이라고 마냥 사랑받는 시절은 금세 지나갔다. 초등학교 고학년이 되자 푸실마을에서도 영어학원에 다니지 않는 아이가 거의 없었다. 그때쯤 나는 에이단을 만나 영어를 배우기 시작했는데, 어느 날 은길 씨가 로운의 손을 잡고 우리 집에 찾아왔다. 은길 씨와 엄마는 한동네에 오래 산 이웃이었고, 나는 은길 씨가 해다 준 음식을 먹고 자랐다.

"영어를 가르쳐주는 분이 있다고 들었는데요."

이렇게 말하며 은길 씨는 겸연쩍어했다. 아무리 가까운 사이라도, 나이가 한참 어려도 존대를 하는 것이 그녀의 습관이었다. 은길 씨는 로운이 영어학원 가기를 거부한다고 했다. 영어를 술술 구사할 것으로 오해받는 아이가 훨씬 잘하는 학생들 틈에서 배우는 일이 불편했던 거다. 괴로운, 해로운 따위의 말들을 만들어내는 아이들과 방과 후까지 어울리고 싶지도 않았다. 그 또래의 아이들은 창의적인 위악성을 가지고 있어서 어떤 빌미로도 차별의 이유를 만들어낼 수 있었다. 데면데면한 사이였던 나와 로운을 급격히 친해지게 만든 영어 교습은 그렇게 시작되었다.

학교에서 로운은 단연 튀었다. 중학교에 입학한 첫해, 우리 담임은 영어 선생이었다. 그는 뒷자리에 껑충하게 앉아 있던 로운을 발견하고 일순 굳었다가, "한국에서 태어난 토박이입니다"라고 로운이 말하자 큰 소리로 웃었다. 돌림병이라도 돈 것처럼 반 전체가 따라 웃었다.

"부모님은? 설마 부모님도 한국 토박이신가?"

선생이 물었고 로운은 이번에는 조금 작은 목소리로 대답했다.

"부모님은 안 계시고 할머니와 사는데요."

"할머니에게 잘해드려라."

선생이 얼버무렸다. 그가 걱정하지 않아도 로운은 '할매보이'라는 별명이 붙을 정도로 정말 잘했다. 조금쯤 젠체해야 친구들에게 인기를 얻는데, 그런 걸 도통 모르는 녀석이었다.

그러던 로운에게도 리즈 시절이 찾아왔다. 어리숙하던 주근깨투성이가 열네 살을 기점으로 미소년으로 거듭난 것이다. 코카서스 인종의 이차성징은 드라마틱한 데가 있었다. 근골이 훌쩍 자라버린 녀석이 비척비척 복도를 지나가면 나도 모르게 눈길이 갔다. 이마를 풍성하게 뒤덮은 진밤색 머리는 '베이비, 베이비, 베이비, 오오' 하며 한창 인기몰이를 하던 저스틴 비버를 연상시켰다. 아이들은 은근히 로운의 주위를 맴돌았고 이런저런 핑계를 대며 로운을 보러 왔다. 하루는 옆 반의 핵인싸 여자애가 나를 찾아와 다짜고짜 물었다.

"네가 이로운 여자친구야?"

"아닌데."

"네가 로운하고 제일 친하다던데?"

눈웃음이 예쁜 아이였다. 그 애에게는 안된 일이었지만, 로운은 그때까지도 여전히 '할매보이'여서 조숙한 여자애들과 어울리기가 쉽지 않았다. 결국 중학교 3년 내내 우리는 단짝이라는 미명 아래 붙어 다녔다. 열여섯 살이 끝나갈 무렵의 겨울밤, 나는 로운과 은길 씨가 우리 집 대문에 들어서길 기다리고 있었다.

밤이 되자 기온이 뚝 떨어졌다. 엄마는 거실 벽난로에 장작을 피웠다. 은길 씨와 로운, 에이단과 준배 씨가 차례로 도착했다. 에이단이 꽃다발을 들고 와 엄마에게 주었는데 어쩐지 부적절한 처신 같았다. 우리는 모두에게 서로를 소개했다. 모두가 레이디 벨라도나를 궁금해했고, 레이디 벨라도나는 모두에 대해 궁금해했다. 그는 나이에 비해 지나치게 호기심이 많았다. 아니, 호기심과 나이는 아무런 상관이 없는지도 모른다. 그녀는 말이 많아서 나와 로운이 번갈아가며 통역해야 했다.

"어디 봅시다. 제가 맞혀볼까요? 준배 씨는 호랑이띠 아닌가요?"

"그게 실은, 그럴 수도 있고 아닐 수도 있습니다."

준배 씨가 머뭇거리며 대답했다.

"한국전쟁 중에 태어나서 호적을 잃어버렸습니다. 뒤늦게 출생신고를 했지만 정확한 생일을 아무도 기억하지 못했습니다. 저 자신도 몰랐으니까요. 아마 태어난 날을 기억하기에는 제가 너무 어렸나 봅니다."

둘의 대화는 어딘지 묘한 구석이 있었다. 그때 은길 씨가 선생님께 발언권을 얻으려는 학생처럼 오른손을 들었다.

"제가 호랑이띠예요."

모두가 '아하' 하는 표정으로 그녀를 보았다.

"그럴 줄 알았어요. 내가 맞혔네요."

역시나 우리의 벨라도나. 나와 로운은 모종의 동질감을 느끼며 눈을 맞추고 웃었다. 준배 씨가 가져온 와인 두 병이 금세 동났고, 식탁 위에 뱅쇼가 올라왔다. 나와 로운은 뱅쇼를 한 잔씩 마셨다. 나는 은길 씨가 쑤어 온 팥죽에 설탕을 듬뿍 넣어 숟가락으로 퍼먹었다. 에이단이 기타를 꺼내자 은길 씨가 샹송 몇 곡을 청했지만 애석하게도 에이단이 부를 수 있는 노래가 없었다. 에이단이 사과의 뜻으로 엘비스 코스텔로의 노래를 불러주자 그녀는 흡족해했다. 막간을 이용해 레이디 벨라도나의 마술쇼가 열렸고, 준배 씨는 혈혈단신으로 서울에 올라와 성공한 이야기를 들려주었다. 여담으로 에이단의 '운수 좋은 날' 시리즈가 이어졌다. 엄마는 말없이 빙긋 웃었다.

"이단, 장작 좀 가져다주겠니?"

자정 무렵 엄마가 내게 부탁했다. 뒤뜰로 통하는 부엌문을 열고 나가려는데 조리대 밑에서 밤색 털 뭉치가 뭉그

적거렸다. 로운이었다.

"깜짝이야! 왜 여기 있는 거야?"

발그레한 얼굴을 보니 이유를 알 것 같았다. 중탕냄비 옆에 뱅쇼를 만들고 남은 와인이 있었는데, 그걸 훔쳐 먹고 잠들어버린 거였다. 나는 그 매혹적인 붉은 액체를 국자로 한가득 퍼 올려 단숨에 삼키고, 로운을 끄집어내 뒷마당으로 나갔다.

"찬 바람 쐬자."

코가 떨어져 나갈 것처럼 추운 날이었다. 우리는 무릎담요를 함께 두르고 오들오들 떨었다.

"뒤에서 보면 머리 둘에 발 네 개 달린 괴물처럼 보일 거야."

로운이 말했다. 앞마당으로 나가보니 동백나무 가지마다 싸락눈이 쌓여 있었다. 꼭 슬러시 같다며 로운이 진눈깨비에 혀를 갖다 댔다.

"뭐 하는 거야, 멍충아."

나는 로운의 머리를 잡으려고 까치발을 디뎠다. 갑자기 뜨겁고 어지러운 기운이 몰려와 몸이 흔들렸다. 로운이 내 몸을 붙잡으며 물었다.

"너도 취한 거야?"

로운의 입가에서 눈송이가 녹아 반들거렸다. 돌연히 열

기가 오른 나는 로운에게 다가섰고, 겨우살이 아래서 우리의 입술이 얼떨결에 맞닿았다. 새알심처럼 말랑하고 단팥죽처럼 달콤한 이 감상을 평생 잊지 못하리라는 예감이 들었다. 마치 겨우살이처럼 나는 한동안 로운에게 붙어 있었다. 얼굴이 달아올라 고개를 들 수 없었다. 우리는 레이디 벨라도나가 쳐놓은 마법의 덫에 걸려들고 말았다. 벨라도나는 메이저 아르카나 1번, 하늘을 향해 마법봉을 들고 있는 마법사였다.

기타 교습

한 해가 거의 끝나가고 있었다. 나는 식욕이 없어 젓가락을 끼적대기 일쑤였다. 레이디 벨라도나는 심술쟁이 노파처럼 내 곁에서 떨어지질 않았다.

"어디 보자. 내가 맞혀볼까?"

나도 모르는 내 마음을 진짜 맞히나 싶어 긴장하면,

"입에 맞는 반찬이 없는 거야. 그렇지? 레이디 벨라도나가 음식 솜씨를 발휘해야 할 때야."

라고 말하며 국적 불명의 음식을 잔뜩 만들었고, 대부분은 그의 입으로 들어갔다. 그 겨울 나의 방황은 레이디 벨라도나를 살찌웠다.

나는 펜타클 문양 유리창 너머로 눈 쌓인 동백나무를 바라보았다. 겨우살이는 여전히 초록빛을 띤 채 수피에 붙어 기생하고 있었다. 로운은 하루에도 몇 번씩 내게 연락했다. 메시지를 보내고 답이 없으면 전화를 걸었고, 성탄절에는 우리 집 앞마당을 얼씬거리기까지 했다. 나는 왠지 모르는 짜증이 치밀어 방문을 닫아걸었다. 하지만 서운한 마음에 창문으로 달려가 로운이 돌아갈 때까지 지켜보았다. 어딘지 쓸쓸해 보이는 뒷모습이었다. 로운은 우편함에 카드를 두고 갔다. 'Merry Christmas!' 한 줄이 적혀 있었다.

'그깟 입맞춤 한 번 했다고……'

이런 마음이 들었다가 은길 씨가 쑤어 온 팥죽에서 새알 심을 발견하면 심장이 트램펄린처럼 요동쳤다. 나에겐 그 깟 한 번이 아니라 첫 키스인 걸, 어쩌다 로운과 그런 일을 벌였는지 얼마간 억울한 심정이었다. 공연히 가슴이 뛰다 가 이상하게 화가 치밀고 끝내 가슴이 아려왔다. 내 안을 가만히 들여다본 건 그때가 처음이었고, 감정이 손바닥 뒤 집듯 순식간에 바뀔 수 있다는 것도 그때 알았다.

그해의 마지막 날 에이단의 영어 교습이 있었다. 성탄절 휴가로 한 주 쉬고 2주 만이었다. 로운을 만나면 아무렇지 않은 척해야지, 마음을 먹었다. 로운의 집 앞에 다다랐을 때 문자메시지가 왔다.

'감기 몸살이 심해서 오늘 못 가게 됐어. 에이단 아저씨

에게 안부 전해줘. Happy New Year.'

해피 뉴 이어? 나는 영문 글자들을 뚫어져라 봤다. 이제 내일이면 내년이었다. 그러면 나는 열일곱 살이 되고 고등학생이 된다. 그게 기쁜 건지 나쁜 건지 잘 모르겠다. 이런 생각을 하며 에이단의 집에 도착했을 때, 짙은 우울의 그림자가 나를 기다리고 있었다. 에이단은 대낮부터 버드와 이저를 마시고 있었고, 들창에 놓인 미모사는 이번 겨울을 넘기기 힘들어 보였다.

"원래 브라질이 자생지인 열대식물이야. 체질적으로 여기와 안 맞는 거지."

에이단은 심드렁하게 말했다. 체질적으로 맞지 않는 기후와 토양에서 예민한 식물이 간신히 버텨왔구나. 나는 눈물이 날 뻔했다. 에이단에게 기타를 쳐달라고 청했지만 그는 힘없이 고개를 저었다. 우기처럼 찾아오는 우울함이었다. 이런 날에는 어떤 말로도 그를 기운 나게 할 수 없었다. 로운이라면 썰렁한 춤을 추거나 허무맹랑한 농담을 던져 분위기를 바꿔보려 했을 텐데. 문득 몸살이 났다는 로운이 걱정됐다. 계속 걱정하고 있었다는 사실을 의식한 것뿐이지만.

에이단은 기타를 쳐주는 대신 구식 시디플레이어를 작동시켰다. 1991년에 발매된 보니 레이트의 열한 번째 앨

범 《Luck Of The Draw》였다. 추첨의 운이라는 타이틀을 가진 이 앨범을 에이단은 소중히 간직했다. 나는 재킷 사진을 보다가 휴대전화를 열어 '보니 레이트'를 검색했다.

1949년 전갈자리에 태어난 미국의 싱어송라이터 겸 사회운동가. 아버지는 브로드웨이 뮤지컬 배우인 존 레이트. 그래미 어워드 16회 노미네이트. 2000년 로큰롤 명예의 전당에 헌액.

사진도 있었다. 붉은 머리카락을 일렁이며 슬라이드 기타를 연주하는 보니, 스키점프를 하듯 역동적인 포즈로 웃고 있는 보니, 까만 드레스를 입고 대선후보캠프에서 노래하는 보니. 그리고 불쑥 아무 말이나 내뱉는 나.

"기타 배우고 싶어."

순간 센서를 감지한 전등처럼 에이단의 얼굴이 환해졌다. 곧이어 맥락 없는 단언이 이어졌다.

"이단, 너는 내 딸이다."

모두가 알고 있었지만 아무도 언급하지 않았던 우리 관계가 에이단의 입에서 처음 발화된 순간이었다. 그 말은 친자확인서에 찍힌 도장보다 훨씬 더 강렬하게 내 안에 차올랐다. 에이단이 나를 힘껏 당겨 안으며 말했다.

"너는 보니 레이트처럼 멋진 기타리스트가 될 거야."

아직 기타를 만져보지도 못한 내게 '기타리스트' 운운하는 게 꽤나 실없이 느껴졌지만, 내 안에 새로운 열망이 싹트고 있었다. 그날의 내 카드는 컵 슈트의 에이스였다.

에이단을 만난 지 4년이 되었지만 나는 에이단을 에이단이라고 불렀다. 에이단이 나를 이단이라고 부르는 것처럼. 내 주변의 누구도, 엄마조차도 그것을 이상하다고 여기지 않았다. 나는 에이단의 '딸 선언' 이후에도 그를 아빠나 대디라고 부르지 않았다. 처음 만난 날 와락 울음을 터뜨렸던 론 위즐리를 닮은 남자, 수요일마다 내게 영어를 가르쳐주는 남자, 기타를 치고 버드와이저를 마시는 남자는 언제까지나 에이단이었다. 그래도 우리는 어느 부녀 못지않게 친밀감을 느꼈고 내게는 그 감정이 소중했다.

그다음 주말부터 나는 에이단에게 기타를 배우기 시작했다. 기타는 영어 회화에 비할 바가 아니었다. 어려웠다. 에이단의 교수법은 음악이나 어학이나 거기서 거기였는데 기타는 실로 만만치 않은 악기였다. 연습을 반복할수록 손가락에 참기 힘든 압통이 가해졌다. 왜 기타의 가학성을 미리 말해주지 않았느냐고 나는 에이단에게 항의했다.

겨울이 끝나갈 무렵 나는 피크를 쥐는 데 익숙해졌다. 꽤 많은 코드를 익혔고 스트로크도 제법 자연스러워졌다. 학습자의 열의는 반복 학습만큼이나 중요했다. 나는 기타에 고집스럽게 매달렸다. 내가 기타리스트의 딸이라는 사실을 증명하고 싶었던 것 같다. 손끝에 생긴 물집들이 부풀었다 터지고 다시 부풀어 오를 때, 마음 깊은 곳에 숨겨둔 불안과 소망도 덩달아 술렁였다. 에이단의 인생 전체를 잠식한 '운 나쁨'의 역사에서 나의 탄생은 어떤 의미였을까. 기타를 치며 나는 생각하고 또 생각했다.

에이단에게 엄마를 사랑하냐고 물은 적이 있었다. 한국말로 묻기엔 간지러운 그 말이 영어로는 왠지 쉬웠다. 에이단은 잠시 생각하더니 말했다.

"이단, 사랑은 발작이야. 이연을 처음 본 순간 마른하늘에 번개가 '꽝!' 하는 느낌이었어. 번개가 계속 치면, 그건 재앙이란다."

그렇게 꽝 없는 인생을 살고 싶어 하더니 엄마를 처음 본 순간도 일종의 꽝이었네. 그럼 엄마가 나를 가진 걸 알았을 때는, 내가 태어났을 때는 그것도 꽝이었을까. 그건 끝내 묻지 못했다.

때때로 로운을 생각했다. 수학 문제를 풀다가, 레이디 벨라도나와 밥을 먹다가, 기타 연습을 하다가, 문득 로운이 떠오르면 여태 잊고 있었네, 하는 느낌이 들었다. 그 마음이 유감인지 안도인지 모른 채, 또다시 유튜브로 기타 영상을 보거나 창 너머 겨우살이를 건너다보았다. 수요일이 되어 막상 로운을 만나면 짐짓 아무 일도 없었던 것처럼 굴었다. 일부러 차갑게 대하기도 했지만 그것도 잠시, 습관처럼 스스럼없는 사이로 되돌아가버렸고, 우리는 열일곱 살이 되었다.

지미 헨드릭스, 제프 백, 비비 킹, 잉베 말름스텐. 헤비메탈부터 블루스까지 장르를 불문한 기타의 제왕들이 음악사에 넘쳐났다. 애석하게도 그들은 죄다 남자로 나에게 특별한 동기를 심어주지 못했다. 그 무렵 미국의 유명한 음악 잡지인 『롤링스톤』에서 '위대한 기타리스트 100명'을 뽑아 발표했는데 여자는 보니 레이트와 조니 미첼 단둘뿐이었다. 나는 둘 중 누구를 롤모델로 할까, 쓸데없이 진지한 고민을 했다.

에이단은 보니 레이트에 한 표를 주었다. 붉은 머리를 휘날리며 슬라이드 기타를 연주하는 그녀는 섬세하면서도 기품이 넘쳤다. 에이단은 '슬라이드 기타를 익히는 가장 좋은 방법은 마음을 부드럽게 갖는 것'이라는 그녀의 명언을 내 기타 교본에 적어주기도 했다.

내 마음은 조니 미첼에게로 살짝 기울었다. 2005년 발매된 그녀의 재킷 사진을 보고 음악을 듣기도 전에 반해버린 것이다. 담배를 쥔 손으로 오른쪽 관자놀이를 살짝 괴고 있는 그녀는 약간은 심각하고 조금은 무료해 보였다. 또렷한 아치형 눈썹과 윤기 없는 금발이 퇴폐적으로 아름다웠다.

우리는 로운에게 의견을 물었다. 그는 고개를 갸웃할 뿐 뾰족한 답을 내놓지 못했다. 그즈음 케이팝이 폭발적인 상승기류를 맞았고, 내 또래 아이들은 자신이 좋아하는 아이돌 멤버를 위해서라면 영혼이라도 팔 기세였다. 로운도 걸 그룹 멤버 '일랑'에게 한참 열을 올리던 참이었다. 얼마 전 일랑의 팬클럽인 '일랑이랑'에 가입했다고 자랑스럽게 말하기도 했다. 내 또래 아이들에게 1940년대에 태어난 여성 기타리스트는 『롤링스톤』지고 뭐고 간에 '그게 누군데?'였다. 이런 문제를 타로로 정할 수도 없었다. 결국 결정을 내리지 못하고 집으로 돌아가는 길에, 푸실마을 이정표인 빨간 벽돌집 앞에서 로운이 말했다.

"오늘은 내가 너희 집까지 바래다줄게."

말없이 함께 비탈길을 걷는데 눈발이 날렸다. 나는 눈꽃 핀 동백나무와 로운의 반짝이던 입술을 떠올리고 혼자 얼굴을 붉혔다. 눈송이를 잡는 척 고개를 돌려 로운의 옆모습을 보았다. 고작 2주 만에 로운은 부쩍 자란 것 같았다. 눈빛도 표정도 미묘하게 달랐다. 그게 좋으면서도 안타까웠다.

"굳이 찾아 나서지 않아도 찾아지는 게 진짜 아닐까?"

로운의 말에 나는 고개를 끄덕끄덕했다. 마른하늘에 내리는 '꽝'은 찾아 나선다고 찾아지는 건 아닐 것이다. 피하려 해도 피할 수 없는 것처럼.

추첨의 운

새해 벽두의 어느 날 나도 번개를 맞았다. 에이단과 함께 앨리스 쿠퍼의 공연 영상을 보던 중이었다. 눈두덩에 검은 잉크가 줄줄 흐르고 얼굴은 온통 피칠갑을 한 앨리스 쿠퍼 옆에 강렬한 에너지를 발산하는 여성 기타리스트가 있었다. 니타 스트라우스. 그녀의 이름이었다. 아이바네즈 기타의 현란한 음률을 타고 번개처럼 꽝, 내 안에 떨어졌다. 로운이 말한 '찾아 나서지 않아도 찾아진다'는 게 이런 뜻일까.

그날부터 니타가 나오는 모든 영상을 찾아보기 시작했다. 아무리 봐도 질리지 않았고, 보고 나면 들뜬 가슴이 식을 줄 몰랐다. 드디어 나도 메이저 아르카나 17번 '별' 카드를 뽑은 것이다! 니타는 기타에 대한 내 열망을 풀무질했다. 나는 곧장 에이단에게 달려가 일렉 기타를 배우겠다고 선언했다.

"이단, 그럴 줄 알았어!"

에이단은 두 손을 번쩍 들고 아이처럼 기뻐했다. 그러다 그의 얼굴이 순간적으로 일그러졌다. 고약하게 꼬여버린 자신의 운수가 떠올랐던 것이다. 에이단은 5년 전 애장품 1호였던 깁슨 일렉 기타를 팔아 한국에 오는 여비에 보탰다. 그건 보통 기타가 아니었다. 낮에는 자동차 딜러로, 밤에는 아마추어 록밴드의 기타리스트로 동네 클럽을 전전하면서, 포드 자동차 세 대를 팔아 겨우 마련한 것이었다. 몇 해에 걸쳐 닦고, 만지고, 튜닝하며 그의 청춘을 쏟아부은 기타였다. 깁슨을 떠나보낼 때 그의 꿈도 함께 떠났다. 한국에 오기로 결심하지 않았다면 그런 선택은 하지 않았을 것이다. 그는 두 번 다시 일렉 기타를 잡는 일은 없을 거라고 다짐했다. 그러나 내가 일렉 기타를 배우겠다고 선언한 순간, 한국에 온 이유가 바로 이것 때문이었다는 느낌을 받았고, 수단과 목적을 뒤바꾸어버렸다는 자책에 빠졌다. 그는 말을 잃은 기수처럼 크게 상심했다.

"깁슨을 파는 게 아니었어. 난 진짜 바보야. 정말이지 운이 없다니까!"

일렉 기타를 배우겠다는 나의 결심은 에이단의 '운 없음'으로 귀결되었다. 어떤 일들은 운으로 결정되는 것이 아니라 우리 선택의 결과일 뿐이다. 나는 깁슨을 팔았던 에이단의 선택이 최선이었다고 믿었다. 그뿐이다. 나는 기타는 다시 사면 그만이라고, 그렇게 고가의 기타는 필요 없다고 말했다. 에이단은 머리를 흔들었다. 그에게 중요한 것은 정작 기타나 내가 아니라 자신을 따라다니는 불운의 표식을 찾는 일뿐인 듯했다.

견딜 수 없어진 나는 해방촌의 작은 방을 뛰쳐나와 집으로 달려갔다. 거실에 앉아 타로점을 치고 있는 엄마에게 나는 따지듯이 물었다.

"에이단은 정말 운이 나쁜 사람이야? 아니면 그냥 재수 없는 사람이야?"

엄마에게 운수나 운명에 대해서 물은 것은 처음이었다. 엄마는 노련하게 카드를 섞어 스프레드 천 위에 펼쳤다.

"네 생각은 어때?"

"모르겠어. 난 그냥, 모르겠다고."

엄마는 펼쳐진 카드를 한 장씩 뒤집으며 말했다.

"한 젊은 남자가 중국 식당에서 밥을 먹었어. 후식으로 포춘쿠키를 받았는데 쪼개보니 '당신은 이 자리에서 죽을 것이다'라고 적혀 있었지. 글귀를 본 남자는 처음엔 당황했고 이내 화가 났다가 종내에는 두려워졌단다. 그는 그 생각에 빠져들었어. 나는 이 자리에서 죽을 것이다."

"그래서 죽었어?"

"죽었지."

"어떻게?"

"50년 후에 그 자리에서 노환으로 죽었지."

"뭐야."

"남자는 하루도 거르지 않고 그 식당에서 밥을 먹었거든."

무서운 이야기였다. 포춘쿠키를 쪼갠 남자가 그 자리에서 코를 박고 즉사했다면 차라리 실소했을 것이다. 엄마는 카드 한 장을 뒤집어 내 앞에 내려놓았다. 검은 천으로 눈을 가린 채 꽁꽁 묶여 있는 사람. 그를 둘러싸고 꽂혀 있는 여덟 개의 검. 눈을 가린 사람은 스스로가 만든 속박에 갇혀 있었다. 해결책은 간단하면서도 어려웠다. 생각의 틀을 바꿔야 한다. 하지만 어떻게? 엄마는 말없이 카드를 거둬들였다.

나는 그 방법을 스스로 찾아냈다. 유튜브에서 뉴욕 기타 페스티벌 홍보 영상을 보다가 유레카를 외쳤다. 유명 뮤지션들이 대거 참여하는 큰 행사답게 각종 프로모션과 이벤트가 진행되고 있었는데, 펜더사가 내건 SNS 홍보 경품에서 눈을 뗄 수가 없었다. 눈부시게 하얀 픽 가드 위에 보니 레이트의 친필 사인이 아로새겨져 있었다. 그녀가 공연에서 직접 연주했던 기타였다.

에이단은 보니 레이트를 멋지고 멋진 기타리스트라고 했다. 그냥 멋지다고 하기엔 한참 부족해서 멋지고 멋진. 그녀의 기타를 받는다면 깁슨을 팔아야 했던 지난 일은 깨끗이 잊을지도 모른다. 수천 명, 어쩌면 수만 명의 사람 중에서 단 한 명만이 행운의 주인공이 된다. 그 주인공은 반드시 에이단이어야 한다고, 나는 생각했다.

응모 방법은 간단하지만 그럴수록 당첨은 어려운 법이다. 개인의 SNS에 페스티벌 홍보 영상을 링크하고 기타에 얽힌 사연이나 기대평을 남기면 됐다. 나는 요행을 바라는 사람이 아니었다. 당첨에는 전략이 필요했다. '좋아요'와 추천 수는 예선전이었고, 파이널 라운드에서 승패를 좌우하는 것은 아름답게 각색된 사연, 즉 '미담'이었다.

열두 살 때 처음 만난 파란 눈의 아버지와 한국인 소녀. 막상 적고 보니 사실 그대로였다. 나는 한국에 살고 있는 만 15세 학생이며, 이벤트에 당첨되면 기꺼이 뉴욕까지 날아가 페스티벌을 관람하겠다고 썼다. 밤새 단어를 골라 문장을 만들면서 믿음원칙 제3항을 떠올렸다.

믿음원칙 제3항 — 우리는 보통 사람들이 보여주는 것보다 훨씬 큰 힘의 깊이를 인정한다. 그것은 때때로 '초자연적'이라 불리지만, 모두의 내면에 자연적으로 내재된 힘이다.

나는 내 안에 자연적으로 내재하지만 초자연적으로 보이는 힘을 이용하기로 했다. 이상하게도 내면의 힘을 이용하는 데 엄청난 품이 들었다. 내가 가진 모든 계정에 홍보 영상을 올리고 인친, 페친을 총동원해 추천 수를 올렸지만 그것만으로는 부족했다. 세상에는 인플루언서가 너무 많았고 그들 모두가 잠재적 경쟁자였으며, 내 계정의 팔로어 수는 빈약하기 그지없었다. 이럴 줄 알았으면 평소에 SNS 좀 열심히 파둘걸, 하는 후회마저 들었다. 문득 로운의 인스타 팔로어가 엄청 많다는 이야기를 들은 기억이 났다. 나는 곧장 로운에게 메시지를 보냈다.

'너 인스타 팔로어 몇 명이야?'

'6825.'

'뭐? 육팔이오?'

'아, 아니다. 지금 보니 다섯 명 늘었네. 6830.'

'육팔삼공! 너 뭔데? 연예인이야?'

나는 당장 로운의 집으로 내달렸다. 가는 길에 고추기름 닭강정과 자몽 맛 분다버그를 샀다. 로운이 무인도에 갈 때 가져가겠다는 세 가지 중 두 개였다. 달려가면서 나머지 한 가지가 뭐였더라 생각했는데 기억나지 않았다. 내면의 힘을 이용하는 데는 돈도 들었다. 메이저 아르카나 7번의 '전차'처럼 나는 맹목적으로 돌진하고 있었다.

뉴욕에 가서 기타 페스티벌을 보겠다는 공언은 아주 빈 말은 아니었다. 동짓날의 조촐한 파티가 지나고 엄마는 나에게 할 말이 있다며 거실의 일인용 소파에 앉게 했다. 시커의 자리였다.

"우리는 미국에 갈 거야."

메시지는 간단했지만 큰 변화를 예고하는 말이었다. 여행을 가겠다는 말이 아니었다. 영원히는 아니더라도 한동안 그곳에서 살겠다는 말로 들렸다.

"이 계획이 네 맘에도 들었으면 좋겠어."

"내 맘에 안 들면 안 갈 수도 있는 거야?"

"억지로 데려갈 수는 없으니까."

"나도 여기 고등학교 가기 싫어."

엄마는 레이디 벨라도나가 미국에서 살 집과 학교를 알아봐줄 거라고 했다.

"언제 떠나?"

"이르면 내년 봄에."

엄마는 미국 시민권자였다. 나는 막연히 이런 날이 올 것을 예견하고는 있었지만 봄이라면 고작 두어 달밖에 남지 않았다. 미국에 가면 곧바로 고등학교에 입학할 수 있을까. 영어 회화는 많이 늘었지만 학교에 입학하는 것은 다른 문제였다. 에이단은 어떻게 되는지도 궁금했다. 엄마와 에이단이 함께 갈 이유는 없겠지만, 에이단은 우리 때문에 한국에 머무는 게 아니었나. 그리고 마지막으로 로운을 떠올렸다. 로운과 나는 어떻게 될까. 갑자기 로운이 그리워졌다.

'지금 너희 집으로 갈게.'

문자메시지를 보낸 뒤 빨간 벽돌집으로 향했다. 비늘구름이 촘촘히 깔린 하늘 밑으로 옥상이 떠올랐다. 장독을 손보던 은길 씨의 은발이 날치 떼처럼 날리고 있었다.

"로운이는요?"

내가 묻자 은길 씨가 들어오라고 손짓했다. 로운은 자다 깬 것 같은 모습으로 나와 무슨 일이냐고 물었다.

"그냥."

"뭘 그냥?"

"일랑 남자친구 있어."

로운의 눈이 조금 커졌다.

"엄마한테 타로점 보고 갔어. 연애운."

"그 말 하러 왔어?"

"아니."

"누군데?"

"뭐가?"

"일랑 남자친구."

"그건 말 못 해."

나는 미국으로 가게 됐다는 소식을 전했다. 로운은 별다른 말이 없었지만, 어쩐지 말보다 더한 말을 들은 것 같았다. '자주 연락하자'는 흔한 약속에는 서로의 진심이 담겨 있었다. 그러나 우리는 어렴풋이 느끼고 있었다. 서로의 SNS에서 편집된 일상만을 공유하다가 종종에서 가끔, 아주 가끔으로 서로를 떠올리는 빈도가 줄게 되고, 서로가 꼭 필요할 때 가장 큰 부재를 느끼며 결국에는 소원해진다는 것을.

나는 내가 살게 될 베닝턴부터 뉴욕까지의 거리가 얼마큼인지 몰랐지만, 봄에 미국에 가면 기타 페스티벌을 볼 수 있을 거라고 기대했다. 그 사실이 작은 위안을 주었다.

레이디 벨라도나는 몇 달 전 들고 왔던 엄청난 짐 꾸러미와 함께 미국으로 먼저 떠났다. 베닝턴에서 살 집을 구하고 입학 허가서 받는 일을 처리해주기로 했다. 얼마 후 그는 적당한 집을 찾았다고 소식을 전해왔다. '어디 보자'

로 시작해 '내가 맞혔네'로 끝나는 통화였다.

2월의 첫날, 나는 펜더사로부터 이벤트에 당첨되었다는
연락을 받았다.

작별

"에이단, 행운은 우리 거예요."

당첨 소식을 듣자마자 나는 달의 비호를 받는 에이단의 동네로 달려갔다. 심장이 하드코어 테크노 템포로 뛰었다. 소식을 들은 에이단의 두 눈이 짙푸르게 변했다. 카멜레온처럼 서서히 그리고 또렷하게. 지금도 그 눈빛의 명도와 채도, 톤까지 정확히 그려낼 수 있을 것만 같다.

우리는 두 손을 맞잡고 뱅글뱅글 돌았다. 에이단이 재차 물었다.

"보니 레이트가 치던 기타를 받게 됐단 말이지?"

"네! 친필로 '에이단에게'라고 새겨주기로 했어요."

"아니, 아니지. '이단에게'라고 해야지."

우리는 이 문제로 잠시 다투다가 '에이단&이단에게'로 합의했다. 나는 수천 명에 이르는 경쟁률을 뚫고 우리가 당첨되었다는 사실을 에이단에게 강조했다.

"에이단, 이건 맥줏집 '완전 공짜' 따위의 시시한 추첨이 아니에요. 수천 명 중에 한 명이라고요."

에이단이 전에 없이 밝게 웃었다. 그의 삶을 갉아먹던 집요한 악운은 이젠 끝났다. 그것이 나의 공이라고 생각하니 몹시 뿌듯했다.

에이단은 엄마와 내가 미국으로 떠난다는 사실을 이미 알고 있었다. 에이단도 고향인 뉴저지 팰팍으로 갈 거라고 했다. 일자리가 있다고 했는데 무슨 일인지 자세히 물어보지 못했다. 너무 들떠 있어서 다른 것에 마음 쓸 여력이 없었다. 우리는 팰팍부터 베닝턴까지, 또 뉴욕을 오가는 방법에 대해 이야기했다.

나와 에이단은 3월 초에 열리는 기타 페스티벌 전야제에 초청받았다. 그날 경품 증정식이 있을 예정이었다. 아쉽게도 엄마와 나는 전야제 다음 날 한국을 떠나기로 되어 있었다. 준비해야 할 일들 때문에 아무리 일정을 당겨도 어쩔 수가 없었다. 결국 증정식에는 에이단 혼자 가기로 했다. 대신 페스티벌이 열리는 일주일 동안 나는 에이단과 함께 뉴욕에서 지내기로 했다. 그즈음 모든 일들이 바

쁘게 돌아갔다.

몇 주 후 에이단이 먼저 미국으로 떠났다. 우리는 곧 만날 기약을 하고 흔한 송별식조차 하지 않았다. 외국으로 이주하는 일은 한두 달에 처리하기에 버거울 만큼 큰일이었고 엄마와 나는 지쳐 있었다. 로운은 에이단과의 작별을 몹시 아쉬워했다. 두 사람은 종종 부자지간으로 오해받고는 했다. 반면 나와 에이단을 한눈에 부녀로 알아보는 사람은 거의 없었다. 에이단은 로운에게 악수를 청했다.

"처음 만났을 때 꼬맹이였는데 이제 남자가 됐구나. 또 보자, 버디."

떠나기 전날 밤 에이단이 '이연타로'에 찾아왔다. 어엿한 시커의 자격이었다. 엄마와 에이단은 탁자를 사이에 두고 마주 앉았다. 두 사람은 내 감각기관과 지각능력을 총동원해도 알아들을 수 없을 만큼 조용히 대화를 나눴다.

석석석 쉬리리릭 척척 치익-딱.

이 소리가 한 번 들렸다는 것만은 분명했다. 단 하나의 질문을 위해 에이단은 엄마를 찾아온 것이다. 에이단은 뱅쇼를 한 잔 마시고 떠났다. 엄마는 불 꺼진 상담실에 홀로 오래 앉아 있었다. 다음 날, 은길 씨의 김치와 장아찌가 에이단과 함께 보잉 777에 실려 떠났다.

잠이 유난히 오지 않는 밤이었다. 기타 페스티벌 전야제가 열리는 날이었고, 뉴욕은 오후 2시였다. 에이단은 지금쯤 매디슨스퀘어가든에 있겠지. 보니 레이트를 만났을까? 당장 묻고 싶었지만 아침까지 기다리기로 했다. 에이단이 누리고 있을 시간을 방해하고 싶지 않았다. 새벽에 풋잠이 들었다가 창틀을 흔드는 강한 바람 소리에 깨어났다. 침대맡에서 인기척이 느껴졌다. 엄마가 내 이름을 불렀다.

"이단. 얘야, 일어나."

"엄마 무슨 일이야?"

간신히 잠들었는데, 나는 짜증이 났다.

"우리 지금 떠나야 해."

나를 채근하는 엄마 목소리가 잠겨 있었다. 불안한 기분이 들어 힘겹게 몸을 일으켰다. 램프를 켜자 방 안에 주황빛이 차올랐다.

"짐 챙겨."

"아직 해도 안 떴는데, 엄마."

"곧 뜰 거야."

"내일 비행기잖아."

"표를 바꿨어. 지금 가야 해."

옷을 갈아입고 아래층에 내려가보니 엄마가 꾸려놓은 짐들이 현관 앞에 부려져 있었다. 길가에 헤드라이트를 켜고

대기 중인 준배 씨의 승합차가 보였다. 나는 잠이 덜 깨 어리둥절한 채로 차에 올랐다. 차 안에 은길 씨와 로운이 앉아 있는 것을 본 순간 뭔가 잘못됐다는 예감이 뚜렷해졌다. 준배 씨가 말없이 차를 모는 동안 은길 씨는 엄마의 두 손을 꼭 잡고 있었다. 나는 로운과 함께 승합차의 맨 뒷자리에 앉아 푸실마을 이정표가 멀어지는 것을 보았다.

우리는 그날 송별식을 열기로 했었다. 마지막으로 함께 음식을 나눠 먹고, 다시 만날 기약을 하며 선물을 주고받는 작별 의식을 치를 예정이었다. 이른 새벽 울음을 삼킨 채 공항으로 내달릴 것이 아니라.

나는 메이저 아르카나 16번 '탑' 카드를 뽑고 말았다. 탑은 벼락을 맞아 불길에 휩싸여 있고, 두 사람은 바닥으로 추락하고 있다. 엄마는 카드에 정해진 길흉은 없다고 했지만, 그림을 보는 순간 직관적인 불길함이 느껴졌다. 사는 동안 매번 좋은 카드를 뽑을 수는 없겠지만, 이 순간은 내게 너무 가혹했다.

시간이 촉박해 체크인 후 바로 탑승장으로 가야 했다. 돌아보니 로운이 어깨를 떨며 울고 있었다. 비행기가 이륙할 때 마지막으로 내려다본 한국은 수백 개의 조등을 밝힌 것처럼 기기묘묘한 빛으로 타올랐다. 내 생애 가장 무섭고 슬픈 하루가 시작되었다.

메이저 아르카나 13번*

그날 매디슨스퀘어가든 앞에서 일어난 총기 사건으로 세 사람이 목숨을 잃고 한 사람이 다쳤다. 숨진 세 사람 중 두 명은 현장에서 즉사했고, 나머지 한 명은 중상을 입고 병원으로 이송되었지만 결국 숨졌다. 에이단 매쿼리라는 42세 백인 남성이었다.

총격범은 무작위로 타깃을 골랐다고 했다. 수사국의 공식 발표는 그랬지만 진위는 범인만이 알 것이다. 그는 현장에 출동한 경찰의 총에 맞아 사망했다. 현장에서 즉사한 두 명 중 한 명이었다. 결국 그가 총을 들고 난사하기까지

* 죽음 카드.

의 정황과 진실은 영원히 봉인되었다.

에이단은 인생 단 한 번의 횡재를 목숨과 맞바꿨다. 그 원흉이 나였다. 나는 에이단의 손에 당첨의 행운으로 위장한 죽음 카드를 쥐여주고 그의 등을 떠밀었다. 가끔 에이단이 그날 보낸 메시지를 읽는다. 그는 이렇게 썼다.

'어쩐지 내 몫의 행운이 아닌 것 같다.'

그의 죽음은 누구 몫의 불행이었을까. 만일 모든 일이 빠르게 처리되어 나도 페스티벌 전야제에 갔더라면 상황이 달라졌을까. 하루 차이로 가지 못한 것이 정말 다행인 걸까. 아주 사소한 운이 삶과 죽음을 가른다고 생각하자 내 인생이 정말 보잘것없이 느껴졌다. 나는 겨우 열일곱 살이었다. 남은 생이 길다는 게 축복이 아니라 벌을 받는 것 같았다.

에이단은 메시지 마지막 줄에 편지에 쓰듯이 'Dad'라고 서명했다. 그 단어를 볼 때면 한 번쯤 아빠라고 불러볼 걸, 하는 후회가 밀려왔다. 나는 은길 씨가 체했을 때 그랬던 것처럼 두 주먹으로 가슴을 쿵쿵 쳤다. 그러나 내 깊은 체증은 그런 주먹질로는 가라앉지 않았다.

믿음노트에는 누구를 향한 것인지 모를 저주의 말들이 가득 찼다. 오늘 적고 내일 찢었다. 오늘 또 적고 다음 날이면 갈기갈기 찢었다. 이미 일어난 일도 이렇게 찢어 없앨 수 있기를 바라고 또 바라면서.

II

세 개의 달

이연

1970년 3월 두 번째 일요일, 매사추세츠주 보스턴 다운 타운에서 벌링턴으로 향하던 61년식 뷰익 스페셜 차량이 램프에 진입하다 도로를 벗어나며 전복됐다. 운전자는 한국인 유학생 이경헌이었고, 조수석에 타고 있던 아내 성은숙도 사고 현장에서 함께 사망했다. 부부의 열두 살 난 딸은 경미한 부상을 입고 의식을 잃었다가 병원에서 깨어났다. 현장에 출동했던 구급대원은 사지가 멀쩡한 아이를 보고 기적을 믿게 되었다.

이경헌 가족은 3년 전 한국에서 보스턴으로 이주했다. 이경헌은 보스턴대학에서 경제학 박사과정을 밟았고, 성은숙은 롱우드의 산부인과에서 간호사로 일했다. 중고 뷰

익은 성은숙이 출퇴근용으로 타던 것인데, 이날은 가족이 교회에 다녀오는 길이었다. 사고 원인은 브레이크 파열이었다.

사고를 담당한 조사관은 깨어난 아이를 면담했다.

'힘들겠지만 사고 날 때 상황을 얘기해줄 수 있겠니?'

긴 면회 끝에 조사관은 보고서에 이렇게 기록했다.

충격으로 사고 당시 정황을 기억하지 못함.

자신이 죽었다는 말을 반복함.

"생명의 숨이 스며들어와 다시 살아났다"고 진술.

조사관은 마지막 문장 옆에 구급대원이 심폐소생술을 한 것으로 추측된다고 적어두었다. 아이의 표현은 시적이었지만 조사관의 상상력은 거기까지였다. 구급대원은 아이를 발견했을 때 호흡과 맥박이 정상이었으므로, 가슴압박이나 인공호흡을 할 필요가 없었다고 후술했다. 하지만 그 진술은 보고서에 기록되지 않았다.

일시에 양친을 잃은 아이는 임시보호시설에 한 달 보름을 머물다가 키르케 머피라는 아일랜드계 여성에게 입양되었다. 그녀는 사고 현장을 지나가다 911에 신고한 사람이었다. 이런 인연은 몹시 드물어서 당시 조사관과 입양기관 관계자들은 이 일을 오래 기억했다.

　이연이 사고 충격으로 그날 일을 기억하지 못한다는 건 사실이 아니었다. 어슴푸레한 기억 속에서 비교적 또렷한 장면도 있었다. 자동차는 도로를 벗어나 두 바퀴를 구르고 전복되었다. 그 순간 정신을 잃었고 다시 깨어났을 때 누군가 이연을 차 밖으로 끌어내는 중이었다. 미망 속에서 앞좌석에 거꾸로 매달린 엄마와 아빠를 보았다. 부모를 부르고 싶었지만 목소리가 나오지 않았고 점차 숨통이 조여들었다.

　'엄마 아빠, 나 이제 죽어요.'

　연은 검은 허공으로 빨려 들며 속으로 외쳤다. 이윽고 완벽히 차단된 고요한 세계에 다다랐다. 시공간이 사라지고 의식의 파편들만 간간이 감지되었다. 여기가 죽음이구나. 마지막 자각이 꺼져갔다. 그때 어렴풋한 속삼임을 들었다.

　이시스, 아스타로테, 다이애나, 헤카테, 데메테르, 칼리, 이난나……
　이시스, 아스타로테, 다이애나, 헤카테, 데메테르, 칼리, 이난나……

　단순하고 반복적인 음률이 점차 빨라지며 절정을 향해갔

다. 이연은 흩어져가는 의식을 그러모아 소리를 붙잡으려고 애썼다.

영혼을 부른다
일어나 나에게 오라
나는 자연의 심장이니
우주에 생명을 주리라
나는 그녀이니

희미한 숨이 이연의 몸으로 스며들었다. 코와 입술, 가슴과 온몸의 숨구멍으로 들숨과 날숨이 오갔고, 마침내 숨통이 트였다. 숲의 입김은 청량했다. 서서히 감각기관도 깨어나기 시작했다. 가슴께를 누르는 묵직한 동통과 입이 바작바작 마르는 느낌, 점점 커지는 구급차의 경적 소리. 이런 것들을 생생히 감지할 수 있었다.

깨어났을 때는 병원 응급실이었다. 이연은 깊게 숨을 들이마셨다가 '후우' 하고 뱉어보았다.

'살았다.'

숨이 멎었다 돌아온 일은 이때껏 겪어본 어떤 경험보다도 명징했다. 하지만 누구도 곧이곧대로 믿어주지 않았고, 설명할 길이 없음을 깨달은 뒤에는 입을 다물었다. 이연은 노랫소리가 들려온 곳이 이승이었는지 아니면 죽음 너머였는지 내내 궁금했고, 틈틈이 부모를 그리워했다.

키르케는 보스턴 외곽의 농가에 살고 있었다. 이연이 살던 주택가에서 30마일쯤 떨어진 곳이었다. 키르케의 부모는 1920년대 아일랜드에서 건너온 이민자였는데, 그녀는 여전히 전통 방식을 고수하며 살았다. 마당에는 산양과 닭을 풀어 키웠고, '예이츠'라고 불리는 검은 고양이가 집 안팎을 멋대로 드나들었다. 종일 정향과 계피 끓는 향이 온 집 안에 퍼졌다. 앞마당을 향한 포치에서는 버베나잎과 레몬 조각이 말라갔다. 1970년대였지만 19세기와 다를 것 없는 생활이었다.

키르케는 등나무로 바구니와 전등갓 따위의 소품을 만들어 팔았고, 크랜베리 수확철인 가을에는 농장 일을 도왔다. 진짜 직업은 따로 있었다. 그녀는 약초와 금속, 동물의 뼈와 정체 모를 재료들을 모아 물약을 만들었다. 이따금 사람들을 치료하기 위해 왕진을 가기도 했다. 키르케의 치료제는 신통한 효험이 있어서 사람들은 암암리에 그녀를 찾았다. 첨단 의료과학이 보편화된 지 오래였지만 시골에서는 여전히 민간요법이 성행했다.

3월 둘째 주에 키르케는 버몬트의 깊은 숲속으로 봄 약초를 구하러 갔다. 여러 종류의 약용식물을 채취해 돌아오는 길에 교통사고 현장을 목격했다. 유일한 생존자인 여자아이를 데려와 서류에 쓰인 이름 그대로 '연'이라 불렀고 영어 이름은 따로 짓지 않았다.

키르케는 구닥다리 왜건에 연을 태워 오두막으로 데려왔다. 응접실과 주방, 침실 두 개가 앞뒤로 붙은 소박한 집이었다. 포치에서 낮잠을 자던 예이츠가 앞다리를 길게 빼며 기지개를 폈다. 꼬리를 곧추세우고 호기심 가득한 눈으로 '너는 누구야?' 하듯이.

앞마당이 널찍해서 시야가 벌판에 가 닿았다. 뒤뜰은 숲속으로 난 오솔길과 이어져 있었다. 키르케는 숲을 향해 창이 나 있는 방에 연의 짐을 풀었다.

"배고프니?"

아이가 고개를 끄덕였다.

"포테이토 케이크를 구워 먹자."

계피 향 가득하던 집 안에 고소한 기름 냄새가 퍼졌다. 앙증맞은 크기의 케이크 세 개가 연의 접시에 올랐다. 엄마가 부쳐준 감자전과 생김새가 비슷했다. 아삭아삭 씹히는 생감자의 식감이 연의 불안감을 조금 누그러뜨렸다.

허기가 가시자 연은 키르케를 찬찬히 살펴보았다. 허리까지 오는 붉은 머리, 주근깨가 뿌려진 얼굴, 빳빳한 미색

드레스, 활력 넘치는 몸동작과 장난기 어린 눈동자. 마치 동화에서 튀어나온 사람 같았다.

"우리 정식으로 인사할까? 나는 키르케야. 진짜 이름은 아니지만 다들 그렇게 불러."

키르케가 악수를 청하자 연이 작은 손을 내밀어 맞잡았다.

"왜 가짜 이름을 써요?"

"나는 마녀거든."

이렇게 말하며 키르케는 한쪽 눈을 찡긋했다.

"마녀로 다시 태어났을 때 지은 이름이지."

연의 눈이 동그래졌다. 얼굴에 곰보 가득한 마귀할멈이나, 빗자루를 타고 다니며 아기들을 잡아가는 게 마녀인 줄 알았는데. 이렇게 생기발랄한 마녀가 있을 리 없었다.

"나쁜 마녀예요?"

"세상에 나쁜 마녀는 없단다, 얘야."

"그럼 어떤 마녀예요?"

"마녀는, 마녀의 삶을 사는 사람이지."

배고픈 예이츠가 길게 우는 바람에 두 사람의 대화는 거기서 멈췄다. 키르케는 주방에 향초를 밝히고 예이츠에게 말린 고기를 썰어 주었다.

"오늘은 그만 씻고 자렴. 마녀에 대해서는 차차 알게 될 테니까."

연은 자신의 짐이 부려진 방에 들어가 침대에 웅크리고 울었다. 한순간에 엄마 아빠는 사라지고 마녀에게 입양되다니, 잔혹 동화의 주인공이 된 심정이었다. '어쩌다 내게 이런 일이 생긴 걸까.' 연은 처음으로 기도를 드려야겠다는 생각이 들었다.

'거룩하신 하나님 아버지, 저를 엄마 아빠에게 데려다주세요. 우리 부모님이 천국에 있는지 살펴봐주시고, 저도 좀 죽여주세요. 제발요, 아멘.'

그때 창밖에서 기이한 소리가 들렸다. 하나님의 응답이 왔다고 생각한 연은 창으로 달려가 뒤뜰을 건너다봤다. 별빛을 모조리 삼킨 휘황한 보름달이 키르케를 비추고 있었다. 그녀는 발목까지 오는 광목 드레스를 입고 고혹적인 자태로 춤을 추었다. 연은 그녀가 달을 향해 올리는 기도를 들었다.

"마녀들의 어머니인 달님이시여, 온 세상이 그대의 은빛으로 총총히 빛납니다. 그대는 여성성의 어머니, 우리의 직감, 우리의 영혼, 영원한 지혜입니다. 그 힘과 예지로 나를 채워주소서. 축복의 빛으로 나를 감싸주소서. 오늘 밤 달을 내 품에 안습니다."

기도를 마친 키르케의 입술 사이에서 성가가 흘러나왔다.

"이시스, 아스타로테, 다이애나, 헤카테, 데메테르, 칼리,

이난나⋯⋯."

키르케가 여신들의 이름을 호명할 때마다 생명의 숨이 흘러들던 생생한 감각이 연에게 되살아났다. 꺼질 듯했던 연의 영혼에 입김을 불어넣은 이가 바로 키르케였다. 그 순간 키르케는 연에게 두 번째 어머니이자 생명의 보름달이 되었다.

연이 처음 만난 마녀는 음침한 기운이라곤 전혀 없이 밝고 화사했다. 그녀는 밝은 달빛 아래서 몹시 신나 보였다. 그 밤에 올빼미 우는 소리도 듣지 못할 만큼 연은 깊고 단잠을 잤다. 사고 이후 첫 숙면이었다.

세이렌

이연이 이단을 데리고 JFK국제공항에 도착했을 때 뉴욕에는 부슬비가 내렸다. 오전 11시였지만 사위가 어둑했다. 공항을 빠져나갈 때 뒤숭숭한 냄새가 모녀의 뒤를 쫓았다. 볶은 커피콩 냄새와 짙은 머스크 계열 향수, 비에 젖은 개 냄새가 섞인 것 같은. 이연에게는 오래된 기억을 환기시키고 이단에게는 뉴욕의 첫인상으로 각인될 후감이었다. 병원으로 향하는 택시 안에서 이연은 딸의 손을 잡고 말했다.

"너는 이제 열일곱 살이야. 더 이상 어리지만은 않아. 세상의 이치를 조금씩 알아가는 나이지. 아무리 나이 들어도 이해하지 못하는 일들이 있다는 것도 포함해서."

이연은 열두 살 때 양친을 떠나보낸 사고를 떠올렸다.

'나 때문이었을까? 어째서 나만 살아남은 걸까.' 그녀를 괴롭혔던 질문에서 벗어나게 해준 키르케가 그리웠다. 비극의 이면을 이해하기에 이연은 너무 어렸었다. 그게 오히려 다행이었는지도 모른다. 절망을 배우기에 적당한 나이란 없을 테지만, 인생의 중요한 시기에 이런 일을 겪는 딸이 안쓰러웠다. 열일곱 살이지만 미국 나이로는 고작 열다섯이었다.

이단은 이런 말을 하는 엄마가 낯설었다. 엄마는 이런 식의 조언을 한 적이 없었다. 지금 엄마가 하는 말들은 스스로를 향한 다짐처럼 들렸다. 이단은 자신이 다 커버린 것처럼 느껴졌고, 앞으로 펼쳐질 인생이 혹독하리라는 절망적인 예감이 들었다.

병원에 도착한 모녀는 에이단의 수술을 집도한 의사에게 안내되었다. 의학 용어가 섞인 어려운 영어를 이단은 알아들을 수 없었다. 엄마의 표정으로 보아 예후가 좋지 않다고 짐작할 뿐이었다. 의사의 마지막 말만은 간결해서 알아듣기 쉬웠다. 그는 마음의 준비를 하라고 했다.

에이단은 긴 수술을 마치고 중환자실에 누워 있었다. 두꺼운 유리벽이 그들 사이를 가로막았다. 괴생명체의 촉수 같은 기이한 전선들이 에이단의 몸을 뒤덮고 있었다. 목에 삽관된 손가락만 한 튜브를 통해 강제로 호흡을 불어넣었다. 그 모습이 에이단이라는 걸 이단은 믿기 힘들었다.

"에이단, 저예요. 우리 여기 왔어요."

이단의 입김이 닿아 유리벽이 뿌예졌다. 에이단은 지금 어떤 상태일까. 깊은 잠에 들어 아무 고통도 느끼지 않기를, 다만 깨어나지 못할 만큼 긴 잠은 아니기를. 기타 줄에 짓무르고 아물기를 반복했을 에이단의 손가락을 이단은 마음속으로 하나씩 어루만졌다. 땀에 젖은 머리카락도 가만히 쓸어보았다. 그러나 만져지는 것은 유리의 서늘한 감촉뿐이었다.

모녀는 뉴욕 경찰국에 가서 에이단의 소지품을 찾아왔다. 이연이 제출한 이단의 출생신고서에는 부모의 이름이 명시되어 있었다. 부 에이단 매쿼리, 모 이연. 에이단에게는 형제가 없었고 부모님은 돌아가셨기 때문에 이단이 유일한 직계혈족이었다. 담당관이 해진 백팩과 휴대전화, 하드셸 케이스에 담긴 펜더 기타를 내주었다. 사고 당시 에이단이 지니고 있던 물건들이었다. 에이단의 휴대전화에는 보니 레이트와 찍은 사진이 있었다. 사고가 일어나기 불과 몇 분 전, 에이단은 윗니를 훤히 드러내며 웃고 있었다. 그의 우상이었던 보니 레이트 옆에서 그녀의 스트라토캐스터를 품에 안고서.

이단은 떨리는 손으로 하드셸 케이스의 걸쇠를 올렸다. 매끈한 몸체와 하얀 픽 가드는 사진으로 본 것과 똑같았다. 보니 레이트의 서명 위에 큰 글씨로 '이단에게'라고 새겨져 있었다.

'고집불통 에이단.'

이단은 점자를 읽듯 글자를 만져보았다.

그 밤, 문병객이 또 있었다. 레이디 벨라도나가 세인트폴에서 뉴욕으로 달려온 것이다.

"이연."

"벨라도나."

두 사람은 서로의 등을 가만히 쓸었다. 벨라도나를 보자 모녀는 비로소 허기를 느꼈다. 병원 식당에서 혹시라도 무언가를 놓칠세라 조급하게 샌드위치를 먹었다. 그 무언가가 아주 나쁜 일일지도 모른다는 불길함을 감추고 먹는 일에 매달렸다.

무심결에 이단의 시선이 건너편 테이블에 닿았다. 앳된 티를 벗지 못한 동양계 청년이 혼자 앉아 있었다. 탁자 위에 놓인 종이컵 밖으로 노란색 TWG 라벨이 보였다. 청년은 정지된 영상처럼 꼼짝하지 않았다. 환자복을 입어서인지 생사가 교차하는 듯한 묘한 순간이 표정에 떠올라 있었다. 별안간 재생 버튼이 눌린 것처럼 청년이 고개를 조금 움직였다. 초로의 남자가 한쪽 다리를 절면서 그에게 다가왔고, 남자의 등이 청년의 얼굴을 완전히 가렸다. 이단은 에이단이 사고를 당한 것과 자신이 뉴욕에 와 있는 것, 그리고 방금 보았던 저 청년까지 모두 실재가 아닌 것만 같았다.

이단은 보호자용 벤치에서 선잠이 들었다가 좋지 않은 꿈을 꾸고 깨어났다. 에이단은 여전히 잠들어 있었다. 중환자실 복도 창으로 병원 안뜰이 내려다보였다. 이연과 레이디 벨라도나가 거기 있었다. 두 사람의 실루엣이 달그림자를 만들었다.

"확고한 거야?"

레이디 벨라도나가 재차 물었고, 이연은 고개를 끄덕였다. 벨라도나는 이연의 진중함을 누구보다 잘 알고 있었다.

"이대로 두면 에이단은 결국 죽게 될 거야. 병균들이 득실대는 곳에서 끔찍한 기구들을 주렁주렁 매달고 생을 마감하겠지."

"네가 하려는 일은 자연의 섭리에 어긋나는 일이야."

"자연의 섭리에 어긋나는 짓은 이 병원이 하고 있어. 독한 진정제를 써서 의식을 없애버리고, 호흡기를 매달아서 강제로 숨을 넣고, 심장이 멎으면 전기충격기로 뼈를 다

부러뜨릴 거야. 그때는 너무 늦어."

"그때는 너무 늦는다."

벨라도나가 이연의 말을 따라 했다. 잠시 생각에 잠겼던 그는 자신의 어조를 되찾아 말했다.

"뉴욕 코번*에 연락할게. 마녀들이 도착하면 작전을 수행하자. 하지만 만약에……."

그는 잠시 뜸을 들였다가 말을 이었다.

"실패하더라도 너무 낙담하지는 마."

이연은 벨라도나의 손을 쥐고 이렇게만 말했다.

"알아."

중환자실은 하루에 한 번 면회가 가능했다. 모녀가 침상으로 다가가자 에이단이 기다렸다는 듯 손가락을 꿈틀했다. 기타 줄을 튕기듯 짧게 한 번, 긴 스트로크를 하듯 길게 또 한 번. 곧이어 심박과 호흡, 산소포화도를 측정하는 기계에서 사나운 경보음이 울렸다. 모니터에 표시된 붉은 줄이 요동쳤고, 즉시 이연이 기계에 연결된 선들을 죄다 뽑아냈다. 경보가 뚝 멎었다.

"엄마, 왜 그래? 뭐 하는 거야?"

* 입회식을 마친 열세 명 마녀들의 커뮤니티.

이단이 놀란 입을 다물지 못했다. 그때 처음 보는 의료진 두 명이 바퀴 달린 침대를 병실로 밀고 왔다. 의사 가운을 입은 남자와 간호사 복장의 여자였는데, 둘 다 행동이 어딘가 엉성했다. 그들은 에이단을 이동식 침대로 옮겼다.

"서둘러. 의사들이 사망선고를 하게 해선 안 돼."

이연이 소리쳤고 수상한 의료진은 침대를 끌고 신속하게 중환자실을 빠져나갔다.

"우리도 가자."

이연이 딸의 손을 잡고 침대를 뒤쫓았다.

"엄마, 기타는?"

"걱정 마. 벨라도나에게 맡겨두었어."

중환자실 복도는 썰렁했다. 그들은 복도 끝에 있는 환자용 엘리베이터를 기다렸다. 엘리베이터 문이 열리고 안에서 누군가 내리자 이단은 놀라서 얼어붙었다. 다행히 '진짜' 의료진은 아니었다. 그는 병원 식당에 앉아 있던 청년이었다. 이단과 청년의 시선이 부딪쳤다. 가짜 의사가 소리쳤다.

"비켜주세요. 응급환잡니다."

청년은 떠밀리듯 엘리베이터에서 내렸고, 일행이 침대를 밀어 넣었다. 문이 닫히는 순간 청년과 이단의 눈길이 다시 충돌했다. 청년의 눈은 우물처럼 깊어서 의중을 헤아리기 어려웠다. 너무 많은 것을 담았거나 아무것도 담지 않았거나.

엘리베이터 문은 느리게 닫혔다. 열린 틈이 한 뼘쯤 남았을 때 중환자실 쪽에서 '진짜' 의료진이 외쳤다.

"거기 잠깐만요!"

이연이 닫힘 버튼을 세차게 눌렀지만 닫히는 속도는 그대로였다.

"거기 누구 탔어요?"

목소리가 청년을 향해 물었다. 모로 서 있던 청년이 중환자실 쪽으로 몸을 틀었고, 덕분에 엘리베이터 내부가 가려졌다. 문이 완전히 닫히는 순간 이단은 청년의 목소리를 들었다.

"아니요. 빈 승강기입니다."

침착하고 낮은 톤의 미국식 영어였다. 엘리베이터가 내려가는 동안 이단의 심장은 여전히 쿵쾅대고 있었다. 에이단은 무사할까. 엄마는 무슨 일을 벌이는 걸까. 청년은 왜 중환자실에 올라온 걸까. 무엇보다도 왜, 빈 승강기라고 말한 걸까.

이런 생각이 쉴 없이 머릿속을 헤집는 사이 엘리베이터는 1층에 도착했다. 응급 상황을 알리는 경보가 병원 전체에 울리고 있었다. 이동식 침대는 병원 뒤편 하역장을 향해 빠르게 내달렸다.

"거기 잠깐, 멈춰!"

일행의 뒤를 쫓는 소리가 출격하는 대대의 발소리처럼 크게 울렸다. 병원 경비원이 총을 꺼내 들었다. 모녀는 돌아보지 않고 뛰었다. 문과 문, 그리고 또 문, 셀 수 없이 많은 문을 통과한 후에야 병원 밖으로 빠져나올 수 있었다.

하역장에는 검정색 밴이 미등을 켠 채 대기 중이었다. 가짜 의료진이 밴의 뒷문으로 잽싸게 침대를 밀어 넣고, 자신들도 올라탔다. 이단은 이연의 손에 이끌려 조수석에 올랐다. 문이 닫힐 새도 없이 밴이 출발했다. 운전대를 잡은 사람이 이단을 돌아보며 윙크를 날렸다. 레이디 벨라도나였다.

"어디 보자. 내가 정확히 맞췄네. 1분만 늦었어도 잡힐 뻔했어."

그가 모처럼 호탕하게 웃었지만, 이단은 따라 웃을 수가 없었다. 경광등 불빛이 룸미러에서 아른거렸다. 앰뷸런스가 요란하게 사이렌을 울려대며 밴의 꽁무니에 붙었고, 어디선가 경찰차도 출동했다. 레이디 벨라도나가 이단을 돌아보며 물었다.

"이단, 사이렌이 무슨 뜻인지 아니?"

"경보장치 말인가요?"

"맞아. 원래 사이렌은 그리스신화 세이렌에서 온 말인데 반은 사람이고 반은 새인 님프의 이름이야. 아름다운 노랫

소리로 뱃사람을 유혹해 바다에 빠져 죽게 만들었지.”

'미혹해서 죽게 만든다.' 이단은 이 말이 무섭고도 아름답다고 생각했다. 레이디 벨라도나가 룸미러를 슬쩍 보더니 속도를 높였다. 얼마 후 일행을 태운 밴은 고속도로에 진입했다. 유혹에 실패한 세이렌은 더 이상 울지 않았다. 이단은 잠시 잊고 있었던 중요한 문제를 떠올렸다.

“에이단은, 죽었나요?”

이연이 신중하게 말을 골랐다.

“어떤 의미로는, 그래.”

“어떤 의미로는?”

“의학적 기준으로는 맞아. 에이단은 죽었어.”

이단이 울음을 터뜨렸다. 레이디 벨라도나가 오른팔을 뻗어 이단의 등을 토닥였다. 이단은 눈물을 뚝 그치고 다시 물었다.

“그럼 다른 의미로는 살았다는 거야?”

이연은 더 이상 대답하지 않았다. 엄마가 말하지 않기로 했다면 무슨 수를 써도 말하지 않는다는 것을 이단은 알고 있었다. 이단은 질문을 바꿨다.

“우리는 어디로 가고 있어?”

“마법이 깃든 장소로.”

“뒤에 탄 사람들은 누구야? 진짜 의사랑 간호사 아니지?”

이번에는 레이디 벨라도나가 대답했다.

"뉴욕에 사는 마녀들이란다. 우리를 도우러 왔어."

"남자 마녀도 있어요?"

"마법을 행하는 사람은 누구나 마녀지. 우리는 지금 마법적 심폐소생술을 하러 가는 중이야."

레이디 벨라도나가 이단을 보며 한쪽 눈을 찡긋했다.

"애야, 피곤할 텐데 좀 자둬. 도착하면 깨워줄게."

깜빡 잠든 사이에 이단은 세이렌이 나오는 꿈을 꾸었다. 사람의 몸에 날개가 달린 세이렌의 형상은 불가해한 매혹으로 이단을 사로잡았다.

일행을 태운 밴은 세 시간을 내리 달려 버몬트주 베닝턴의 깊은 숲속에 당도했다.

모조주머니

키르케는 낡은 왜건에 연을 태워 학교에 데려갔다. 인근에 있는 유일한 학교였는데, 농가가 듬성듬성 형성돼 있어서 학생 수가 많지 않았다. 동양인은 연뿐이어서 첫날부터 달갑지 않은 주목을 받았다. 반듯한 가르마에 풀 먹인 셔츠를 입은 교사가 연의 이름을 부를 때 굳이 '이이여언'이라고 늘여 빼서 아이들이 그 말투를 따라 했다. 연은 금세 지루해졌다.

반에서 제일 덩치가 큰 티머시는 마을 의원의 아들이었다. 티머시와 녀석을 따르는 일당은 연을 신기한 장난감 대하듯 했다.

"이이여언! 중국 사람들은 배가 고프면 아기를 삶아 먹는다지?"

티머시가 눈 옆을 손가락으로 쭉 잡아당기면, 무리가 연을 에워싸고 웃었다. 연은 감정이 소거된 인형처럼 울지도 웃지도 않았다. 도시락에서 다리가 잘려 나간 메뚜기를 발견한 날, 처음으로 울었다. 메뚜기가 징그럽고 무서워서 운 건 아니었다. 메뚜기는 숲속 친구들 중 하나였다. 연은 학교를 뛰쳐나가 키르케의 오두막으로 갔다. 앞마당에서 닭을 치던 키르케는 아무것도 묻지 않고 연의 검은 머리카락을 쓸어주었다.

"모조주머니를 만들자."

키르케가 알록달록한 천 조각들을 들고 와서 말했다.

"제일 마음에 드는 색깔을 골라봐."

연은 검정색 실크 조각을 집었다.

"좋아. 꼭 네 머릿결 같구나."

키르케가 노란 염료를 입힌 무명천을 쥐고 바느질 본을 보였다. 연은 서툰 손놀림으로 실크 조각에 바늘땀을 채웠다. 오목한 입구가 있는 주머니가 완성되었다. 키르케는 연에게 속재료를 고르게 했다. 연은 초록빛 조개껍질과 허브 씨앗을 담았고, 잠깐 망설이다가 말린 꽃잎도 몇 장 넣었다.

"모조가 뭐예요?"

"'영혼'이라는 뜻의 콩고족 방언이야. 이제 생명의 숨결인 아플라툼을 불어넣자."

키르케가 구멍에 대고 숨을 후후 불었고 연이 따라 했다. 영혼 주머니에 매듭을 지으며 연은 소원을 빌었다. 완성된 모조주머니는 한국의 복주머니와 비슷한 모양이었다. 키르케가 향료 한 방울을 주머니에 톡 떨어뜨렸다.

"품 안에 늘 지니고 다녀. 널 지켜줄 거야."

모조주머니의 효과는 즉시 나타났다. 학교에서 티머시 일당이 모여들자 연은 눈을 질끈 감고 모조주머니를 꺼내 들었다.

"저게 뭐야?"

티머시가 묻자 무리 중 누군가 대답했다.

"저, 저거, 마녀가 가지고 다니던 거다."

"맞아. 나도 봤어. 흑마술로 사람 죽이는 그 마녀가……."

무리에서 마녀다, 하는 웅성거림이 일었고 티머시가 순식간에 줄행랑을 쳤다. 그가 생각보다 더 겁쟁이어서 연은 맥이 풀렸다. 그 후로는 모조주머니를 빼 들 필요가 없었다. 아무도 다가오지 않았으므로 누구도 괴롭힐 수 없게 됐다. 연이 바라던 대로였다. 학교에서는 적당히 시간을 때우고 하교 종이 울리자마자 오두막으로 향했다. 집에 도착하면 키르케와 함께 숲으로 약초를 캐러 갔다. 붉은 머리 마녀와 흑발의 소녀가 숲속을 누비는 모습이 인근 주민들에게 자주 목격되었다. 이연에게 숲속은 신비로 가득 찬 놀이터였다. 대지와 하늘과 꽃, 해와 달이 모두 연의 친구였다.

숲에서 돌아오면 산양의 젖을 짰다. 더운물에 수건을 적셔 젖꼭지를 부드럽게 어루만져야 젖이 잘 나왔다. 호시탐탐 기회를 노리는 예이츠를 피해 닭을 치는 일도 제법 능숙해졌다. 아이리시 스튜와 포테이토 케이크 만드는 법도 배웠다. 키르케는 연에게 쉴 틈을 주지 않고 이것저것 가르쳤는데, 신기하게도 이 모든 일이 노동이 아닌 놀이처럼 느껴졌다. 오두막과 숲은 학교보다 재미있고 유익했으며 무엇보다 무해했다. 밤이면 연은 부모를 그리워할 틈도 없이 곤하게 잤다.

키르케는 잠시도 몸을 가만두지 않았다. 새벽에 명상을 마치면 식탁에 앉아 처방전을 썼다. '뱅 마리'라고 불리는 중탕냄비에 무언가를 끓일 때면 중세의 연금술사 같았다. 틈틈이 등나무 껍질로 생활용품도 만들었고, 해 질 녘이면 경건한 의식을 치르듯 싸리비로 마당을 쓸었다. 매일 밤 잠들기 전에는 두꺼운 노트를 꺼내 무언가를 기록했다. 얼핏 연구서처럼 보이는 그 노트는 항상 키르케의 침대 밑에 있었다. 마녀란 노동을 많이 하는 사람이구나, 연은 생각했다.

밤이 되면 숲은 옻칠을 한 것처럼 붉고 검게 변했다. 부엉이 울음소리가 간간이 적요를 깼다. 낮이 노동의 시간이라면 밤은 마법의 시간이었다. 키르케는 달의 기운으로 영혼을 정화하고 대지의 에너지로 몸을 충전했다. 자연에 대한 그녀의 경외는 절대적이었으므로 사밧과 에스밧*을 철저히 지켰다. 반면 그녀의 내면은 더없이 자유로워서, 아무것도 하지 않을 자유와 하고 싶은 일을 마음껏 하는 자유를 누렸다. 연은 키르케와 함께 살면서 마녀의 삶이 무엇인지 깨달아갔다. 마녀가 빗자루를 타고 날아다닌다는 것이 영 틀린 말은 아니었다. 마녀란 눈에 보이지 않는 세계를 자유롭게 유영하는 사람이었다.

여름 어느 날, 단정하게 차려입은 한 무리의 사람들이 오두막을 찾아왔다. 남색 리넨 재킷을 입은 남자와 에이라인 스커트에 블라우스를 입은 여자 두 명이었다. 가죽으로 양장한 성경책을 한 권씩 들고 있었다. 연과 키르케는 앞마당에서 새 모조주머니에 넣을 재료를 다듬는 중이었다. 일행은 허리쯤 오는 펜스 너머에서 "실례합니다"라고 외

---

* 달의 주기를 지키는 마녀들의 축제.

치고 빗장을 밀고 들어왔다.

"하나님 말씀을 전하러 왔습니다."

온후한 인상의 남자가 흑백으로 인쇄된 교회 소식지를 내밀었다. 그 모습은 연에게 옛 기억을 상기시켰다. 서로를 형제나 자매라고 다정히 부르던 사람들. 불과 몇 달 전이었는데 아득히 먼 일처럼 느껴졌다. 키르케는 방문객을 향해 양팔을 벌렸다.

"우리 집 울타리에 들어선 사람은 누구라도 환영합니다."

방문객들은 긴장을 풀고 미소 지었다.

"무얼 만들고 계세요?"

하얀 블라우스의 여자가 말린 식물들을 보며 물었다. 붉은 고추와 쥐오줌풀, 여러 종류의 허브에서 마른 향내가 퍼졌다.

"마법 주머니를 만든답니다."

"마법 주머니요?"

여자는 의아한 낯빛이 되었다. 키르케는 품 안에 있던 모조주머니를 꺼내 보여주었다. 무명으로 만든 주머니에는 오각별과 월계관이 수놓여 있었다.

"오, 하나님!"

얼떨결에 주머니를 받아 들었던 여자가 놀라서 외쳤다.

"여기가 거기야! 그 마녀 집이라고!"

남자가 즉각 기도문을 외우기 시작했다. 다른 여자는 밀가루처럼 희게 질려서 목에 걸고 있던 십자가를 키르케 쪽으로 내밀었다.

"가관이군!"

별안간 연의 입에서 한국말이 튀어나왔다. 당연히 누구도 그 말을 알아듣지 못했다.

"쟤, 쟤가 지금 뭐라는 거야?"

밀가루 인형이 몸을 떨었다.

"주문을 외운 거야! 저 아이는 악귀가 씌었어. 이 집에서 나가야 해."

여자들이 야단을 떨었다. 남자의 얼굴이 불쾌감으로 일그러졌다. 그는 이렇게 물러나선 안 된다고 외쳤다. 하나님의 힘이 닿지 않는 곳은 없으니, 제아무리 마녀라 해도 예외는 없다고 했다. 키르케가 태연하게 허브차를 권하자 일행은 마지못한 기색으로 오두막에 들어섰다.

"이렇게 외진 곳까지 전도를 다니시네요."

키르케가 세 사람에게 라벤더차를 따라주며 말했다.

"그럼요. 오지일수록 하나님의 사랑이 필요하지요."

남자는 뿌듯한 표정이 되었다.

"제가 직접 키운 라벤더예요. 불안증을 가라앉히는 데 도움이 되지요."

"불안증이요? 하나님의 자녀에겐 평화와 사랑만이 가득하답니다."

남자의 말에 밀가루 인형이 아멘, 하고 화답했다. 키르케는 느긋한 얼굴로 세 사람을 바라보았다. 남자가 다시 입을 열었다.

"지니고 계신 마법 주머니는 미신입니다. 당장 버리고 십자가를 지니세요. 사탄의 꼬임에 빠졌던 사람이라도 하나님께 회개하면 누구나 구원받을 수 있습니다. 우리 교회는 모두에게 열려 있습니다. 어떤 차별도 없답니다."

남자는 마지막 말을 하며 곁눈질로 연을 보았다. 식탁 밑에서 예이츠가 하품을 했다. 키르케가 고개를 끄덕였다.

"좋은 교회네요. 하지만 사탄이 있다니 으스스한걸요."

"교회에 사탄이 있다는 말이 아닙니다. 오히려 그 반대지요."

남자의 떨떠름한 반응에 키르케는 의연하게 말했다.

"제가 사는 세상에는 사탄도, 악마도, 절대악도 없습니다."

"몰라서 하시는 말씀입니다. 주일 예배에 나오시면 목사님께서 자세히 설명해주실 겁니다. 하나님은 악마에 현혹당한 영혼을 구원하십니다. 자매님은 본인도 모르는 사이에 사탄의 꾐에 빠져……."

키르케가 남자의 말을 잘랐다.

"저에게 일어나는 일 중에 제가 모르는 일은 없습니다. 여러분이 하나님을 섬기듯 저는 자연을 섬기며 삽니다. 우리는 서로 갈 길이 다른 것 같군요."

키르케가 세 사람 앞에 놓여 있던 컵을 치웠다. 여자들은 못마땅한 기색을 숨기지 않고 일어섰다. 세 사람이 울타리를 빠져나갈 때, 연은 남자가 하는 말을 들었다. 오늘은 이쯤하면 됐어. 마녀를 인도하면 진짜 빅 이슈야. 다른 신도 열 명보다 낫지.

교인들이 돌아가자 키르케는 마른 샐비어꽃을 구석구석 흔들어 향을 퍼뜨렸다. 연은 긴 싸리비로 마당을 쓸면서 '가관이군'에 대해 생각했다. 연의 가족은 3년 동안 보스턴 다운타운에 있는 대형 교회에 다녔다. 교인 중에는 아빠와 같은 대학에서 공부하는 사람도 있었고 엄마의 직장 동료들도 있었다. 어느 날 예배를 마치고 나오니 아빠 차에 큼직한 낙서가 쓰여 있었다.

YELLOW MONKEY.

곁에 있던 장로가 사색이 되었다. 보통 일이 아니라고 길길이 외쳤다. 그는 즉각 목사에게 이 일을 보고했고 간부들이 차례로 호출되어 이경헌의 뷰익 앞에 모였다. 보닛과 바퀴에는 여기저기 긁힌 자국이 있었지만 언제부터 있던 흠집인지 알 길이 없었다. 그들은 낡은 뷰익 앞에서 열띤

토론을 벌였다. 그 모습을 보던 성은숙이 중얼거렸다.

"가관이군."

숲

에이단을 태운 밴이 베닝턴의 숲으로 향하고 있을 때 뉴욕의 병원에서는 긴급 회의가 열렸다. 전대미문의 환자 납치 사건을 어떻게 처리할지 의견이 분분했다. 환자는 언론이 주목하는 충격 사건의 피해자였다. 하루빨리 경찰과 언론에 알려 공개수사로 전환해야 한다는 의견과 철저히 비밀에 부쳐 자체적으로 해결하자는 의견이 맞섰다. 병원장이 양쪽 의견 사이에서 갈팡질팡하고 있을 때 에이단을 담당하던 간호사가 회의실로 뛰어들었다. 모두에게 구세주가 될 편지 한 장을 흔들면서.

편지는 우아한 필기체로 적혀 있었다. 환자의 보호자로서 이 병원에서의 모든 연명치료를 중단할 것이며, 지극히 사적인 사정으로 급히 퇴원할 수밖에 없음을 양해해달라는 것이 주된 내용이었다. 편지의 말미에는 치료비를 청구할 주소와 서명이 있었다.

병원장은 에이단을 담당했던 의료진을 호출해 전후 상황을 따져보았다. 환자의 심정지 상태를 알리는 코드블루 경보가 울렸지만 공식적으로 사망선고가 내려진 것은 아니었다. 심폐소생술을 시행했더라도 성공 가능성은 매우 낮았을 거라고 주치의가 의견을 냈다. 병원장은 이연의 편지를 탁자 위에 던져놓으며 상황을 정리했다.

"공식적으로는 이 병원을 나갈 때까지 살아 있었습니다. 보호자가 데려갔다는 증거가 있으니 우리에게 법적 책임을 물을 수 없을 겁니다."

한 가지 걸리는 문제가 있긴 했다. 의식불명 환자에게 확인할 게 있다며 깨어나면 연락을 달라고 한 신문사 기자였다. 한쪽 다리를 절름거리는 그는 기자라기보다는 사설탐정 같은 느낌을 주었다. 총기 사건의 희생자인 에이단에게 언론이 집중하는 것은 당연한 일이었지만, 그에게는 남달리 미심쩍은 낌새가 있었다. 기자로서의 일반적인 관심을 넘어 무언가 들쑤시는 느낌이었다. 병원장은 그가 꺼림칙했다.

밴은 뉴욕주 경계를 무사히 벗어나 버몬트주 베닝턴으로 들어섰다. 이단은 풋잠에서 막 깨어났다. 눈을 떠보니 사방이 큰키나무로 둘러싸인 깊은 숲속이었다. 이단은 눈을 비비며 주변을 둘러보았다.

'여기가 마법이 깃든 장소일까.'

뉴욕에서 출발한 후 처음으로 모두가 차에서 내렸다. 3월의 숲속은 으슬으슬한 한기가 돌았다. 차 뒷문이 열리고 뉴욕 코번 마녀들이 에이단을 실은 침대를 끌어 내렸다. 에이단은 밀랍인형처럼 꼼짝하지 않았다. 이단이 달려가 에이단의 손을 잡았지만 형광빛으로 창백한 손에 온기가 없었다.

"여기가 확실한 거죠?"

마녀들이 묻자 레이디 벨라도나가 쥐고 있던 나침반을 내밀었다. 자침이 갈피를 잡지 못하고 파르르 떨었다. 강력한 자성과 에너지를 방해하는 힘이 팽팽히 겨루고 있었다. 마녀들의 표정이 진지해졌다.

"안녕. 우리는 알료와 폐샤야."

남자 마녀가 이단에게 인사를 건넸다. 가까이서 보니 일흔 살은 돼 보였다. 백발의 고수머리와 이마의 주름이 조화롭게 어울렸다.

"몇 살이지?"

이단은 열일곱이라고 했다가, 미국 나이로는 열여섯쯤이라고 덧붙였다.

"열여섯이라. 이연이 입회식을 치렀던 나이로군."

알료가 열여섯 살의 이연을 알고 있다면, 봄의 마녀 모임에서 만났으리라 이단은 짐작했다. 코코아빛 피부에 곱슬곱슬한 흑발을 가진 페샤는 이십대 초반으로 보였다. 세상에는 참 다양한 마녀가 살고 있었다.

"보름달이 떴어."

이연의 말에 네 마녀가 일사분란하게 움직이기 시작했다. 그들은 덤불을 헤쳐 두꺼운 천을 깔고 에이단을 눕혔다. 이연은 딸에게 차에 들어가서 기다리라고 일렀다. 이단은 차창에 바투 붙어 앉아 정신을 바짝 차렸다. 한 장면도 놓치고 싶지 않았다. 마녀들이 네 방향으로 에이단을 둘러쌌다. 북쪽에 있던 이연이 손에 쥔 단검을 하늘로 뻗었다. 칼날이 달빛을 받아 은파랑으로 빛났다. 이연이 주문을 외웠다.

"세계와 세계 사이에 신비의 장소가 열리리라."

마녀 이연은 단검에서 흐르는 빛으로 바닥에 커다란 원을 그렸다. 상서로운 기운이 에이단을 감쌌다. 이윽고 마법원이 열렸다. 네 마녀는 차례로 4원소를 불러냈다. 동쪽에 서 있던 벨라도나가 허공에 오각별을 그리며 주문을 외웠다.

"나는 마녀로서 동쪽 수호자인 공기를 부르노라. 마법원을 보호하고 강화하라."

이어서 알료가 오각별을 그리며 말했다.

"남쪽 수호자인 불이여, 마법원을 보호하고 강화하라."

페샤도 우아한 동작으로 오각별을 그렸다.

"서쪽 수호자인 물을 부르노니, 마법원을 지키고 강화하라."

마지막으로 이연은 다섯 개의 꼭짓점을 만들었다.

"북쪽 수호자인 흙이여, 마법원을 보호하고 강화하라."

적막한 숲에 마녀들의 목소리가 요요하게 울렸다. 숲의 냉기가 걷히고 훈풍이 밀려왔다. 마녀들은 시계 방향으로 돌며 찬트*를 불렀다.

"어머니 여신이시여, 우리의 의식에 와주소서. 생명의 어머니이신 달님이시여, 우리와 함께하소서."

의식은 절정으로 치닫고 있었다. 마법원 안에 반듯하게 누운 에이단은 여전히 미동이 없었다. 이단은 간절한 희원을 담아 보름달을 올려다보았다. 달이 미묘하게 안색을 바꾸었다. 이연이 하늘로 단검을 길게 뺐다.

---

* 의식을 치를 때 부르는 반복적인 곡조의 성가(chant).

"아카샤(Akasha)여, 숲의 영혼이여, 마녀 키르케의 딸 이연이 호소합니다. 마법원에 강력한 힘을 불어주소서."

마녀 이연이 숲의 영혼을 부르자 원의 중심으로부터 아득하고 묵직한 파동이 퍼져왔다. 숲 전체가 전율하기 시작했다. 쿵, 쿵, 쿵. 이단은 숲의 심장이 뛰는 소리를 들었다. 네 마녀의 몸이 휘청거렸다. 그 순간 저 세계에서 이 세계로 건너오듯이 에이단이 가만히 눈을 떴다.

"이단을 불러줘."

이연이 소리치자 이단이 차에서 뛰쳐나왔다.

"에이단에게 인사해."

이연이 사력을 다해 말했다. 에이단은 단잠에서 깨어난 사람처럼 평온한 얼굴이었다. 이단은 아연한 기쁨으로 정신이 아뜩해졌다.

"에이단, 저 보여요?"

아득하던 에이단의 눈빛에 슬며시 생기가 돌았다. 이단은 에이단의 손을 찾아 쥐었다. 미온이 느껴졌다. 살아 있는 사람만이 지닐 수 있는 온기였다.

"내 말 들려요?"

"……."

"에이단."

에이단이 무슨 말을 할 것처럼 입가를 슬며시 움직였다.

희미한 미소 같기도 했다. 그의 눈동자가 이단의 눈에 머물렀다. 이단은 그의 영혼이 이곳에 있다는 것을 알 수 있었다.

"아빠!"

"이단⋯⋯."

마침내 에이단이 입을 열었다. 이단이 에이단의 얼굴 가까이 귀를 가져갔다. 에이단이 속삭였다.

"이단, 이번에는, 운이 정말 좋았어."

에이단의 손에서 어렴풋한 악력이 전해졌다. 마녀들은 쉼 없이 마법원을 돌며 찬트를 불렀다. 마녀들의 노랫소리가 고조될수록, 이연의 몸이 심하게 휘청거렸다.

"마법원을 닫아야 해!"

알료가 다급하게 외쳤다. 이제 마녀들은 반시계 방향으로 돌기 시작했다. 레이디 벨라도나가 서둘러 오각별을 그렸다.

"공기의 힘이여, 평화 속에 떠나라. 나의 감사와 축성과 함께."

남쪽과 서쪽에 있던 알료와 페샤도 각각 불과 물을 돌려보냈다. 이연이 사력을 다해 흙을 돌려보내는 주문을 읊었다. 마법원이 점점 작아지더니 땅속으로 완전히 꺼져버렸다. 숨기척이 빠져나간 에이단은 꺼진 전구처럼 어두워졌

다. 이단은 울음을 터뜨렸다. 이연은 숲의 영혼에 감사기
도를 올리고 그 자리에서 실신했다.

마녀망치

가을 숲에서는 장작 타는 냄새가 났다. 일요일이 되자 키르케와 연은 일찍 숲으로 나갔다. 낮의 길이가 부쩍 짧아지고 있었다. 붉은 숲은 봄의 생명력에 버금가는 은밀한 활력이 솟아났다. 키르케는 필요한 것을 모두 자연에서 구했다. 둘은 크랜베리잼을 바른 빵으로 요기를 하고 숲속을 누볐다. 빵을 담아 온 등나무바구니는 야생 허브와 약초로 가득 찼다.

"해가 지기 전에 돌아가자."

키르케가 숲에 푹 빠져 있는 연을 재촉했다. 숲을 벗어나 오두막에 이르는 오솔길에 들어섰을 때, 두 사람은 희미한 불 냄새를 맡았다. 연은 직감적으로 키르케의 불안을 읽었다. 키르케의 걸음이 빨라졌고 연이 종종걸음으로 뒤를 쫓았다.

"세상에!"

키르케의 얼굴이 공포와 분노로 무너져 내렸다. 처음 보는 모습이었다. 불길이 붉은 혀를 날름거리며 오두막을 집어삼키고 있었다.

"여기서 기다려. 꼼짝 말고."

키르케는 연을 오솔길 모퉁이에 세워둔 채 오두막을 향해 뛰었다. 누군가 고의로 무너뜨린 듯 펜스가 망가지고 빗장은 떨어져 나가 있었다. 닭장은 텅 비었고, 마당에는 닭털이 아무렇게나 널려 있었다. 말뚝에 묶인 산양이 여린 목을 떨며 울었다. 키르케는 산양을 풀어주었다. 양은 어리둥절한 채 숲속으로 달아났다.

"잘 가."

키르케가 양에게 행운을 빌어주었다. 결국은 숲속 포식자에게 잡아먹히겠지만 짧은 자유나마 누리고 가기를.

포치에 올라서자 무시무시한 열기가 얼굴을 덮쳤다. 매캐한 연기 때문에 숨쉬기가 힘들었다.

"예이츠! 예이츠, 어디 있니?"

지붕에 매달려 있던 둔탁한 형체가 키르케의 발치로 툭 떨어졌다. 검은 잿더미로 변해버린 예이츠였다. 키르케는 눈을 질끈 감았다. 연은 혼자 있는 것이 무서워서 키르케를 뒤쫓았다가 그 장면을 목격했다.

누굴까. 고양이를 죽여서 지붕에 매달아놓을 만큼 증오로 가득 찬 인간은. 그것은 더 큰 재앙을 암시하는 경고였다. 키르케는 앞치마를 벗어 예이츠를 덮고 짧은 주문을 외웠다.

"연, 여기서 벗어나야 해. 서둘러."

두 사람은 급히 구닥다리 왜건으로 향했다. 그러나 네 바퀴가 모두 터져 있었다.

"뛸 수 있지?"

키르케가 묻자 연이 야무지게 고개를 끄덕였다. 앞마당을 서너 걸음 벗어났을 때 한 무리의 사람들이 나타났다. 선두에 선 사람은 보안관과 마을 의원이었다. 그 뒤로 성경책을 들고 왔던 남자가 보였고, 연이 다니는 학교의 교사도 있었다.

"저 여잡니다."

의원이 손가락을 뻗어 키르케를 지목했다. 그가 티머시의 아빠라는 사실은 연도 알고 있었다. 카우보이모자를 쓴 보안관이 한 걸음 앞으로 나섰다.

"키르케 머피, 당신을 의료법 위반과 아동 학대 혐의로 긴급 체포한다."

키르케의 눈에서 불길이 일었다. 오두막이 내뿜는 열기가 키르케의 눈에서 발산되는 것 같았다. 모여 있던 사람들이 조용히 떨었다.

"보안관님, 두 눈이 있다면 똑똑히 보세요. 누군가 우리 고양이를 죽이고 집에 불을 질렀어요. 당신이 해결해야 할 사건은 바로 그겁니다."

보안관이 주춤했다. 의원은 물러서지 않았다.

"저 여자가 성분을 알 수 없는 물약을 불법으로 만들어 팔았어요. 그 약을 먹고 죽은 노인이 있습니다."

키르케가 그를 노려보았다. 동네의 유일한 의사인 그는 키르케가 자신의 환자를 빼돌린다며 못마땅하게 여겼다.

"제 약의 재료는 모두 자연에서 왔습니다. 성분을 알 수 없는 약을 쓰는 건 당신네 의사들이죠. 노인이 죽은 건 수명을 다했기 때문입니다. 죽음은 질병이 아닙니다. 지극히 자연스러운 현상이죠."

키르케가 받아치자 교사가 소심한 목소리로 주워섬겼다.

"아이에게 이상한 요술을 가르쳐서 동급생들을 겁박하게 했습니다. 연은 종종 학교를 빠지고 아이들과 어울리지 못해요."

전도사도 말을 보탰다.

"제가 똑똑히 봤습니다. 아이가 이상한 주문을 외웠어

요. 저 여자는 마법 주머니라는 사탄의 물건을 지니고 있습니다. 수색하면 나올 겁니다."

"교회도 보내지 않고 매일 엄청난 노동을 시키며 하녀처럼 부린다는군요."

주민들이 더 나서자 보안관이 고발 릴레이를 중단시켰다.

"자, 자. 몸에 무엇을 지니든 개인의 자유지요. 마약류거나 불법 무기만 아니라면."

이렇게 말하며 보안관은 씩 웃었다.

"불법행위가 있었는지 여부는 조사를 통해 낱낱이 밝혀지게 될 겁니다."

그는 보안관보에게 키르케를 차에 태우라고 지시했다.

"아이도 태워."

보안관보가 다가오자 키르케가 윗옷에서 백색 가루를 꺼내 그의 면상에 잽싸게 뿌렸다. 그녀는 아일랜드어로 주문을 외웠다.

"Tiom inim olc uait tr d an ngealach!"

키르케가 뿌린 가루는 정제되지 않은 소금일 뿐이었지만 마법 효과는 탁월했다. 모두가 겁에 질려 우왕좌왕하는 사이, 키르케가 연의 손을 잡고 뛰었다.

"숲으로 가자!"

붉은 머리 마녀와 흑발의 소녀가 검은 숲을 향해 달렸다.

두 사람이 숲 입구에 다다르자 그믐달이 슬며시 이울었다. 완벽한 어둠이 두 사람을 삼켰다.

두 사람은 숲속 짐승들의 보금자리인 동굴 안으로 몸을 숨겼다. 때때로 연이 낮잠을 자거나 키르케가 명상을 하던 곳이었다. 키르케는 이 숲을 제 몸처럼 속속들이 알았다. 그녀는 숲의 영혼과 연결되어 있었다. 으슥한 숲속은 밤의 정령과 들짐승의 세상이었고 모두가 키르케를 지켜줄 터였다.

"동화 속 주인공에게는 늘 시련이 있는 법이야. 걱정하지 마."

키르케의 말에 연은 마음이 놓였다. 동화나 요정을 믿을 나이는 지났지만 현실의 마녀는 무엇보다도 믿을 만하다는 것을 잘 알고 있었다.

마을 사람들은 어두운 숲을 뒤지는 걸 주저했다. 그러나 아침이 되면 보안관은 수색을 재개할 것이다. 그 전에 숲을 빠져나가 최대한 멀리 떠나야 했다.

연은 키르케의 무릎을 베고 누워 방금 일어난 일에 대해 생각했다. 키르케가 근사한 주문을 외며 보안관보를 쫓아버린 장면을 떠올리자 가슴이 두근거렸다. 언젠가는 키르케의 마법을 보게 되리라 내심 기대해왔다. 때가 되면 자신도 마법을 배울 거라고, 어쩌면 마녀의 삶을 물려받을지 모른다고 막연히 바랐던 것이다.

예이츠를 떠올리자 눈시울이 뜨거워졌다. 얄미운 구석도 있었지만 사랑스러운 적이 훨씬 많았다. 연의 마음을 읽은 키르케가 가만히 말했다.

"예이츠는 별이 되었어. 나중에 별자리를 찾아줄게."

앞으로는 어떻게 되는 걸까, 연은 궁금했지만 묻지 않았다. 동굴 안은 안전했고 숲속 친구들이 두 사람을 지켜줄 것이다. 연은 그 점을 잘 알고 있었다.

"애야, 잠깐 눈 좀 붙여. 샛별이 뜨면 떠나자."

키르케가 이르자 연은 곧장 깊은 꿈속으로 빠져들었다. 연을 재우고 키르케는 동굴 밖으로 나왔다. 마을 사람들이 저지른 일을 생각하면 분노가 치밀었다. 방화와 동물 살해는 끔찍한 중범죄였다. 키르케는 그런 일을 당해야 할 만큼 잘못한 것이 없었다. 그저 자연에서 구한 재료로 차를 끓이고 약을 달였다. 사람들이 추측하거나 기대하듯 불경한 주문이나 불법 재료 따위는 없었다. 유일한 문제라면 그녀의 물약이 효험이 있었다는 것뿐이다. 거기에는 어떤 마성도 없었고 순연한 진정만이 있었다. 마을 사람들이 키르케에게 가지는 적대감은 불안에서 비롯된다는 것을 그녀도 모르지 않았다. 인간은 자신의 인식이 닿지 않는 세계를 두려워한다. 보수적인 시골 마을에서 마녀를 자처하는 키르케는 위협적인 존재였다.

그녀는 갖은 이유로 핍박당한 무수한 마녀들을 떠올렸다. 마력에 대한 두려움은 마녀사냥이라는 참혹하고 슬픈 역사를 만들어냈다. 중세 유럽에서 발간된 『마녀를 심판하는 망치』는 마녀를 고문하고 처형하는 방법을 가르치는 지침서였다. 그 시절 희생되었던 이들은 대부분 가난하고 무력한 독신 여성이었다. 불과 3백 년 전, 바로 윗동네인 세일럼에서 열아홉 명의 소녀들이 악마라는 누명을 쓰고 처형당했다. 마녀사냥은 여전히 은밀하고 산발적으로 자행되고 있었다. 그녀는 마녀로 입문했을 때 배웠던 한 가지 계율을 떠올렸다.

'의지대로 행하되 남을 해쳐서는 안 된다. 악의 업보는 반드시 세 배로 되돌아온다.'

'삼배법'은 마녀 세계의 불문율이었다. 이따금 저주를 거는 주문이나 흑마술을 시도하는 마녀들이 있었지만, 그들은 어김없이 자연이 내린 벌을 받았다. 키르케는 눈을 감고 명상에 잠겼다. 내면 깊숙한 곳에 의식을 집중하면 술렁이던 마음이 잠잠해졌다. 달은 여전히 구름 뒤에 가려져 있었다.

"어머니 달님이시여, 당신은 빛으로도 어둠으로도 저를

지켜주시는군요."

동쪽 하늘에 샛별이 솟아나자 키르케는 연을 깨워 떠날
채비를 했다. 숲의 정령들도 깨어나기 시작했다. 대지와
동굴과 바람과 바꽃의 신성한 기운이 차례로 모여들었다.
숲의 아니마*가 키르케와 연을 감싸 안았다. 두 사람은 손
을 꼭 붙잡고 있었다. 숲은 강력한 입김으로 두 여자를 빨
아들였다가 부드럽게 뱉어냈다. 두 사람 앞에 호젓한 외길
이 펼쳐졌다. 숱하게 누비고 다닌 숲속이지만 처음 보는
길이었다.

"숲의 정령들이여, 감사합니다."

키르케는 감사 기도를 올리고 연과 함께 길을 건넜다.
그 끝이 어디에 맞닿아 있는지 몰랐지만 두 여자는 자연
이 내어준 길로 성큼 들어섰다. 달과 해가 한 하늘에 떠올
라 있었다.

마을에서 추격대를 꾸려 숲을 수색하려던 보안관의 계
획은 차질을 빚었다. 늑대 떼가 몰려와 숲의 입구를 점령
군처럼 막아섰기 때문이다. 그것은 불길한 징조였다. 보안
관은 추적을 포기했다. 며칠이 지나도 마녀와 아이가 나오
지 않자 사람들은 그들이 죽었다고 생각했다. 하지만 사소

---

* 고대 철학에서 생명과 사고의 원리가 되었던 영혼이나 정신(anima).

한 액운이라도 생길 때면 마녀의 저주인가 싶어 몸서리쳤고, 숲에서 실족하거나 실종되는 사람이 나올 때마다 키르케를 떠올렸다. 마녀 키르케의 일화는 대를 이어 구전되며 오래 회자되었다.

어쿠스틱 오라클

한동안 이단은 비슷한 꿈을 반복해서 꾸었다. 에이단이 희미한 형상으로 나타나 '운이 좋았다'고 말하고 사라지는 꿈이었다. 깨고 나면 온몸에 식은땀이 흘렀다. 이건 악몽일까? 그리운 사람이 나오는 꿈이 어떻게 악몽일 수 있어, 하고 생각하면서도 가슴 한구석이 먹먹했다. 운이 좋았다는 게 어떤 의미인지 알 수 없었다. 이런 꿈이 반복되자 베닝턴 숲에서 겪은 일 전부가 아직 깨어나지 않은 긴 꿈처럼 느껴졌다.

에이단이 죽은 후, 정확히는 숲에서의 기이한 의식 이후 어딘지 변해버린 이연의 태도가 이단을 더욱 외롭게 했다. 이연은 전보다 말수가 더 줄었고 기력이 쇠해졌다. 간간이

타로점을 보러 오는 시커들이 있었지만 생계를 잇기 위한 노동일 뿐 예전 같은 열의가 느껴지지 않았다. 종일 서재에 틀어박혀 나오지 않는 날도 있었다. 이단이 들여다보면 두꺼운 책을 읽거나 무언가 정신없이 적고 있었다. 어찌나 몰두해 있는지 이단이 들어왔다는 것조차 몰랐다. 그런 중에도 사밧과 에스밧을 지키며 마녀로서의 삶을 이어갔다.

이단에게 유일한 위안은 베닝턴의 아름다운 자연 풍광이었다. 숲과 호수로 둘러싸인 이곳은 푸실마을과 닮은 데가 있었다. 푸실마을이 대도시 한복판에 숨어 있는 작은 숲이라면 베닝턴은 군락을 이룬 마을들이 거대한 숲에 둘러싸여 있었다. 하얀 벽에 박공지붕을 올린 단층집이 모녀의 거처였다. 미국 어디서나 볼 수 있는 흔한 가옥이었다. 집 앞으로 뻗은 오솔길을 따라 자작나무가 늘어서 있는데, 회백색 나무에 푸른 겨우살이가 도드라졌다.

겨우살이를 본 날, 이단은 로운에게 이메일을 보냈다. 즉답이 가능한 문자나 메신저보다는 그 편이 마음이 편했다. 막상 노트북을 열었는데 무슨 말을 써야 할지 난감해졌다. 친구에게 이메일을 써본 기억이 없었다.

안녕? 로운.

소식이 늦었지. 무슨 말부터 시작해야 할지.

미국에 온 지 벌써 세 달이 지났어. 너에게 곧장 편지하고 싶었는데……. 많은 일들이 있었어. 우선은 에이단이 하늘나라로 떠났다는 사실을 말해야겠다. 슬픈 소식을 전하게 되어 유감이야. 아직은 나에게 일어난 일들이 잘 믿기지 않아.

고등학교 생활은 어때? 벌써 한 학기가 끝나가겠네. 여기는 가을에 학기를 시작해. 지금은 어학 과정을 듣고 있는데, '미쿡' 사람 발음에 적응하려면 시간이 좀 걸릴 것 같아. 가끔 너와 함께 영어를 배우던 시간을 떠올려.

오늘은 자작나무에 붙어 있는 겨우살이를 보았어. 내가 사는 베닝턴은 푸실마을처럼 나무가 많아. 언젠가 너에게 보여줄 수 있다면 좋겠어. 은길 씨에게도 안부 전해줘. 곧 다시 연락할게.

이단으로부터.

전송 버튼을 누르고 얼마 지나지 않아 로운으로부터 답장이 왔다. 시차가 느껴지지 않을 만큼 빠른 회신이었다.

이단!

연락 줘서 고마워. 네 소식 많이 기다렸어. 네가 SNS도 안하고, 미국 전화번호도 몰라서 정말 답답했어!

우선, 삼가 조의를 표하며 에이단 아저씨의 명복을 빕니다.

걱정은 했지만 막상 소식을 들으니 너무 슬프다. 너에게는 뭐라고 위로를 해야 할지 모르겠어. 아저씨는 나에게도 정말 좋은 분이셨어. 나도 우리 영어 수업 시간이 그리워. 할머니가 소식을 듣고 조금 우셨어. 너와 너희 엄마 걱정을 많이 하셔. 이단, 정말 괜찮은 거지?

로운,

초고속 답장이구나. ^^ 지구 반대편에 우리를 걱정해주는 예쁜 사람들이 있다는 사실이 위안이 돼. 은길 씨가 보내준 마늘장아찌와 배추김치가 알맞게 익었어. 여기서도 은길 씨 정을 듬뿍 느끼고 있어.

이단,

할머니가 김치랑 장아찌 떨어지면 언제든지 연락하래. 택배로 바로 부쳐주신대. 내가 직접 미국으로 날아가서 전해주고 싶다. 여기 고등학교 생활은 정말 지옥이야. ㅜㅜ

로운,

학교 다니기 싫어서 미국에 오겠다는 거야? 나야 대환영이지.

그런데 나는…….

아무래도 엄마가 아빠를 죽인 것 같아.

단아,
그게 무슨 말이야? 엄마가 아빠를 죽이다니.

이단은 노트북을 덮고 일어났다. 일부러 큰 소리를 내며 걸어가 이연의 서재 문을 벌컥 열었다. 책상에 몸을 숙이고 있던 이연이 퀭한 눈을 들어 딸을 보았다. 처음 보는 사람을 대하는 듯한 눈길이었다.

"무슨 일이야?"

이단은 말없이 문가에 놓인 스툴에 걸터앉았다. 침묵이 지겨워질 때쯤 이렇게 물었다.

"엄마는 마녀가 된 걸 후회한 적 없어?"

이연이 쥐고 있던 펜을 갈피에 끼웠다. 저물녘이었다. 노을이 책상 위에 만든 붉은 웅덩이를 이연이 손으로 가만히 쓸어내렸다.

"후회는 자신이 결정한 일에 대해서 하는 거야. 내가 마녀가 된 것은 물이 흘러든 자리에 강이 생기고, 발길이 닿은 곳에 길이 나는 것처럼 지극히 자연스러운 일이었어. 이단, 네가 너로 태어난 것처럼."

"그럼 나는 절대 마녀는 될 수 없겠네. 그건 부자연스러운 일이니까."

"마녀가 되고 싶니?"

"이제는 아니야."

"되고 싶은 적이 있었어?"

"어렸을 때. 엄마가 마법을 부릴 거라고 믿었거든."

"지금은 믿지 않는구나."

이단은 엄마를 노려봤다. 무슨 말을 해야 엄마에게 상처 줄 수 있을까 잠시 고민했지만 끝내 아무 말도 못 했다.

"이단, 마녀가 되고 싶다면 언제든 될 수 있어. 마녀의 삶을 살겠다고 선택하면 되는 일이야. 다만 후회하지 않는 선택을 하려면 신중해야 해. 나는 네가 선택한 카드를 읽어주는 사람일 뿐이야."

이단은 엄마의 말을 오래 곱씹었다. 마음 한구석에 송곳니 같은 반항심이 자라났다.

가을이 되어 이단은 고등학교에 진학했고, 머리에 노란 반다나를 두른 멕시코계 아이와 친해졌다. 이단이 "우리 엄마 마녀야"라고 하자 대수롭지 않은 말투로 "우리 엄마도 마녀야" 하고 대답했다. 마음이 헛헛해졌다. 다른 친구에게도 슬쩍 흘렸지만 "그거 멋진데?"라는 대답이 돌아왔다. 이단은 한국 친구들이 그리웠다. '단이 엄마 마녀다!'

하며 야단법석을 떨던 아이들. 이곳에서는 인종과 문화가 제각각인 친구들이 약빠르게 어울렸다 쉽게 흩어지곤 했다. 얼마 후 로운에게서 다시 소식이 왔다.

이단,
기다리다가 먼저 소식 전한다. 할머니는 무소식이 희소식이라고 하지만 그래도 많이 걱정돼. 혹시 기타 계속 배우고 있니? 내 기억 속에서 네가 유일하게 열중했던 게 기타였어.
연락 기다릴게.

로운의 편지를 읽고 이단은 하드셸 케이스를 열었다. 보니 레이트를 닮은 우아한 스트라토캐스터가 여전히 희게 빛나고 있었다. '이단에게'라고 새겨진 부분을 손이 아플 정도로 꾹 눌러보았다. 에이단이 살아 있었다면 그에게 일렉 기타를 배웠을까. 그런 생각을 하자 마음이 아려왔다. 이단은 기타를 잘 닦아 케이스에 넣고 단단히 잠갔다. 대신 에이단이 연주하던 낡은 어쿠스틱 기타를 꺼냈다. 다음 날 악기점에 가서 기타 줄을 바꾸고 튜닝을 부탁했다. 학교에는 음악 동아리가 몇 개 있었는데 전문가 못지않은 실력을 갖춘 아이들도 많았다. 이단은 그중 하나를 골라 가입 신청서를 냈다. 멤버들이 괴짜라고 소문난 곳이었다.

동아리 활동을 하면서 이단은 다시 기타에 빠져들었다. 손가락에 물집이 잡혔다 터지는 일이 다시 시작됐다. 그러다 보면 굳은살이 생겨 고통에 무감해지는 때가 왔다. 이단은 무른 살이 없도록 더 단단해지고 싶었다. 음악 동아리 멤버들은 '어쿠스틱 오라클'이라는 학생 밴드를 조직해 활동하고 있었는데, 한 학기가 끝날 무렵 이단도 밴드의 멤버가 되었다. 이단은 테일러 스위프트, 부르노 마스와 아이유의 노래들을 연주했고, 보니 레이트는 부르지 않았다. 멤버들은 이단의 음악에서 '한국적 감성'이 느껴져 좋다고 했지만 정작 본인은 그게 뭔지 잘 몰랐다.

이연은 밴드 활동에 몰입하는 딸에게 별말이 없었다. 완드 슈트의 열 번째 카드처럼 이단이 자신의 짐을 감당하는 것을 잠자코 지켜볼 뿐이었다.

입회식

키르케와 어린 이연은 숲이 인도해준 외길을 따라 걸었다. 북서쪽으로 향하는 지름길이었다. 어느새 달은 자취를 감추고 아침 햇살이 천진하게 빛나고 있었다. 짧은 시간에 두 사람은 주 경계를 넘었다. 이연에게 이 시절은 마법의 시간이었다.

이연은 키르케를 따라 뉴햄프셔와 버몬트의 여러 마을을 유랑했다. 숲속을 누비고 다니며 산열매를 따먹다가, 지치면 나무 그늘에서 낮잠을 잤다. 밤에는 동굴에서 모닥불을 피우고 야영했다. 추운 날이면 두 사람이 꼭 붙어서 잤다. 이따금 약초를 판 돈으로 여관에 묵기도 했지만, 그녀들이 가장 안전하다고 느끼는 장소는 산짐승의 보금자리인 숲속이었다.

유랑 중에도 초승달과 보름달이 뜬 밤이면 키르케는 에스밧 의식을 치렀다. 그녀가 달빛 아래서 춤을 추거나 명상에 빠지면 어느새 연도 자연스럽게 그녀와 함께했다. 피를 나눈 모녀는 아니었지만 두 사람은 정신적으로 긴밀히 연결되어 있었다. 이제 연은 묻지 않아도 키르케의 마음을 읽어낼 수 있었다.

키르케는 매일 밤 모닥불 앞에서 신들의 전설을 이야기했다. 연은 달이 차고 기우는 것을 보며 달의 여신에 대해 배웠다. 키르케는 여신의 이미지를 달의 형상에 빗대 이야기하곤 했다.

"초승달은 아가씨, 보름달은 어머니, 그믐달은 노파란다. 초승달은 무한한 가능성을 지닌 어린 여신이야. 연, 너처럼."

보름달은 우주를 돌보는 어머니 여신이었다. 보름달을 볼 때마다 연은 키르케를 떠올렸다.

"그믐달은 지혜를 가진 노파 여신이야. 영적인 힘을 사용할 수 있는 진정한 마법사지."

"키르케도 언젠가는 그믐달이 되나요?"

"그렇단다, 얘야. 그게 마녀의 삶이야."

"그렇지만 사라져버리는 건 슬퍼요."

키르케는 반달처럼 볼록한 연의 이마를 부드럽게 만졌다.

"그믐달이 되어 사라지더라도 곧 예쁜 초승달이 다시 떠올라."

연은 용기 내어 보스턴 농가에서 겪은 일에 대해 물었다.

"마을 사람들이 왜 우리를 미워하나요? 세상에는 정말 악마가 있나요?"

"연, 악마는 탄압해야 할 대상이 필요한 사람들에게나 있는 거야. 마녀의 세상에 악마 같은 건 없어. 하지만 세상이 항상 밝고 아름다운 것만은 아니야. 달의 뒷면처럼 어둡고 암울한 면도 있는 법이지."

키르케는 많은 마녀들이 죽임을 당했지만 마법만큼은 사라질 수 없다고 말했다. 연은 숲에서 키르케가 보여준 마법을 떠올렸다.

"마법이 살아 있는 한 마녀들도 살아 있어."

"키르케처럼요?"

"그래, 나와 너처럼."

키르케가 연의 코끝을 가볍게 튕겼다. 연은 '나와 너처럼'이라는 말이 좋았다.

"마녀들은 끊임없이 연구하고 성장해야 해."

키르케는 두툼한 검정 노트를 꺼내 연에게 보여주었다. 이연이 마녀의 '그림자의 서(Book of Shadow)'를 본 것은 그때가 처음이었다. 노트에는 마녀의 기예와 마법에 관한 기록이 빼곡하게 적혀 있었다. 모든 마녀는 자신만의 '그림자의 서'를 가지고 있었다. 그것은 한 마녀의 일생의 지혜가 담긴 소중한 기록이었다.

연은 점점 키르케의 외모를 닮아갔다. 웃을 때 초승달처럼 작아지는 눈동자가 특히 그랬다. 땅콩색으로 그을린 얼굴에 주근깨가 돋아나기 시작했고 키도 점점 자랐다. 그러나 키르케의 붉은 머리카락과 다르게 짙은 흑발만은 여전했다.

키르케와 이연은 버몬트주 베닝턴에 한동안 머물렀다. 원주민들이 '신성한 숲'이라고 부르는 곳이었다. 숲 한복판에 나침반이 갈피를 잡지 못하는 공간이 있었는데, 사람들은 그곳을 영험하게 여겼다. 작은 샘에서 다랑다랑 흐르는 약수에 효험이 있다고 하여 받아 가는 사람들도 있었다.

어느 날 붉은 구레나룻을 기른 남자가 '신성한 숲'으로 키르케를 찾아왔다. 영기를 품은 보름달이 뜬 밤이었다. 유랑하는 마녀가 있다는 소문이 인근 마을까지 퍼져 있었다. 남자는 큰 수레에 모포를 덮어 끌고 왔다. 마을에서 목재소를 운영하는 그는 숲에 대해 소상히 알고 있었다. 그는 이 숲이 자신의 요람이자 일터라고 운을 뗐다.

"단도직입적으로 말하겠소. 내 아내를 살려주시오. 아주 잠시만이라도 좋습니다."

키르케는 남자의 눈을 보며 물었다.

"무슨 이유인지 물어봐도 될까요?

"아내에게 꼭 해야 할 말이 있소."

그는 적지 않은 보수를 제안했다. 키르케는 고민했다. 계절은 이미 한겨울로 접어들었고, 어린아이와 함께 숲에서 유랑하는 일이 점점 힘겨워지고 있었다. 키르케는 수레에 씌워진 모포를 걷었다. 연은 너무 놀라서 비명을 지르고 말았다. 그건 분명 시체였다. 아내를 살려달라는 말은, 말 그대로 죽은 이를 살려내라는 뜻이었다.

키르케는 '마법이 깃든 장소'로 여자를 데려갔다. 그곳은 수억 년의 지혜와 생명력이 응집한 숲의 자궁이었다. 샘물을 복받치는 대지의 압력은 맥박이었고, 관엽수 사이를 흐르는 신선한 바람은 호흡이 되었다. 언제나 그랬듯, 자연은 인간보다 영민하고 지혜로웠다. 그날 키르케는 '그림자의 서'에 중요하게 기록될 의식을 치렀다.

키르케는 남자에게 받은 돈으로 헛간을 사서 오두막으로 개조했다. 보스턴에서 살던 집에 비할 바는 아니었지만, 두 사람이 살기에 아늑한 공간이었다. 길고양이들을 먹이다가 예이츠를 닮은 아기 고양이를 데려와 키웠다. 키르케가 연에게 고양이 이름을 지어달라고 했고, 연은 한국말로 '고양이(Goyangi)'라고 부르자고 했다. 그러나 키르케가 끝내 제대로 발음하지 못해서 그냥 '야옹'이라고 불렀다. 결국 고양이보다 두 사람이 더 자주 '야옹, 야옹' 하게 되었다.

키르케는 연을 다시 학교에 보냈다. 연은 학교에서 배울 게 없다고 믿었지만 키르케가 원하는 대로 학교에 다녔다. 이번에는 아무도 연을 함부로 대할 수 없었다. 연에게서는 또래 아이들이 갖기 어려운 신성한 기운이 발산되었다.

연은 열여섯 살 되던 해 1월에 마녀 입회식을 치렀다. 입회식의 증인이 되어줄 마녀가 뉴올리언스에서 왔다. '알료'라는 특이한 이름을 가진 그는 멋진 수염을 기른 유쾌한 남자였다. 연은 새벽이슬을 섞은 물로 몸을 씻고 깊은 명상에 잠겼다. 키르케가 생화로 만든 화관을 연의 이마에 얹어주었다. 검정 드레스를 입은 연에게서 총기가 흘렀다.

"흑발과 정말 잘 어울려. 너무 아름답구나."

키르케가 눈시울을 붉혔다. 연은 자신의 첫 마법원을 만들고 고대의 주문을 외웠다.

"나는 달의 신비를 깨닫고, 불과 물과 공기와 대지의 에너지를 받습니다."

연은 마녀로서의 맹세를 서약했다. 알료가 북을 울렸고 키르케가 즉흥 춤을 추기 시작했다. 열여섯 소녀는 스스로가 마녀임을 어느 때보다 또렷하게 자각했다. 그날 밤 키르케는 두툼한 양장 노트 한 권을 연에게 선물했다.

"이제 너는 마녀로 새롭게 태어난 거야. 내년 오늘이 되면 마녀 나이로 한 살이란다. 그림자의 서를 작성하렴. 이 낱장들이 모여서 너의 힘과 지혜가 될 거야."

노트의 첫 장을 펼치자 이렇게 적혀 있었다.

'의지대로 행하되 남을 해치면 안 된다.'

그해 4월 미니애폴리스에서 '봄의 마녀 모임'이 열렸다. 연도 키르케와 함께 참석했다. 미국 전역에서 각양각색의 솔리터리 마녀들이 모여들었다. 그들은 마녀에게 씌워진 문화적 오명을 벗기로 뜻을 모았고, 13항에 이르는 '믿음 원칙'을 초안했다. 열 명의 마녀에게 똑같은 질문을 던지면, 열한 가지 대답이 돌아온다고 할 만큼 마녀들은 개성이 강했다. 마녀들의 의견을 통합하는 일은 비현실적으로 보였으나, 봄의 마녀 모임에서 그 일을 해낸 것이다.

하지만 그날의 놀라운 성과에도 마녀들의 연대는 그리 오래가지 못했다. 그들은 '인종, 피부색, 성별, 나이, 국적과 문화, 성적 선호에 관계없이 같은 신념을 가진 자라면 누구와도 연대할 수 있다'고 선언한 덕분에 모두로부터 배척당했다. 마녀에게는 자유의지가 중요했지만 사람들에게는 동류의식이 필요했다. 그래도 어딘가에 살고 있을 수많은 솔리터리 마녀들을 떠올리면 이연은 외롭지 않았다. 연은 봄의 마녀 모임에서 레이디 벨라도나를 만났고, 그것은 무엇

과도 견줄 수 없이 값진 일이었다.

연은 마녀로 입회한 후 고등학교를 조기 졸업했다. 이해력과 통찰력이 뛰어나 모든 것을 다른 아이들보다 빨리 배웠다. 키르케는 연을 뉴올리언스의 마녀 마을로 보내 알료를 비롯한 여러 마녀들과 교류하게 했다. 연은 수년간 카발라와 헤르메스학에 심취했고 평생의 업이 될 점성술과 타로 카드도 그곳에서 배웠다.

연이 서른여섯 살 되던 해, 신월이 뜬 밤에 키르케는 숨을 거뒀다. 적요한 죽음이었다. 죽기 전 그녀는 예견이라도 한 것처럼 연에게 편지를 보냈다. 연은 '그림자의 서'를 펼치고 '키르케가 그믐달로 사라졌다'고 기록했다. 키르케는 연이 마녀 나이로도 스무 살 성년이 될 때까지 든든한 후견인이 되어준 셈이었다. 연은 이미 성숙한 여인이었고, 보름달이 될 만한 충분한 자질을 갖추고 있었다.

키르케의 장례를 마친 연은 한국으로 이주할 계획을 세웠다. 오래 품어오던 생각이었다. 키르케와 20년 넘게 살던 오두막은 주택가로 개발되면서 헐리게 되었지만 연에게 목돈을 쥐여주었다. 오래전 키르케가 치렀던 단 한 번의 '소생술'은 키르케와 연에게 평생의 보금자리를 제공했고, 이제 한국으로 떠날 밑천이 되었다. 마녀 나이로 스물다섯 살 되던 해, 이연은 한국에서 에이단을 만났다.

매달린 남자

아침부터 레이디 벨라도나는 또 허둥대기 시작했다.

"어디 보자. 오늘은 간이 좀 싱겁네. 괜찮아. 아직 마늘장 아찌가 남아 있지? 어디 뒀더라. 그래, 냉장고 맨 아래 칸. 내가 맞혔네. 사람들은 마녀가 마늘을 못 먹는 줄 알지만 모르는 말씀. 은길 씨 장아찌를 안 먹어봐서 그렇지. 이단, 로운에게 연락해봤니?"

이단은 입 안으로 꾸역꾸역 카레밥을 밀어 넣으며, 세상에서 제일 수다스러운 마녀를 곁눈질했다. 아침 식사는 시리얼이면 충분하다고 말했는데도, 벨라도나는 흰쌀밥에 카레를 비벼 먹어야 한다고 우겼다. 사람은 '밥심'으로 사는 거라나. 그 말을 어디서 들었는지 종종 써먹었다. 이즈음 그는 넷플릭스로 한국 드라마를 즐겨 보았다. 벨라도나에게는 이미 탄수화물 과다 섭취의 부작용이 나타나고 있었다. 체중이 많이 늘었고 좀처럼 소파에서 일어나려 하질 않았다.

이연 모녀가 베닝턴에 자리 잡고 몇 달 후, 레이디 벨라도나가 왔다. '이연타로'에 왔던 날처럼 무시무시하게 큰 짐 꾸러미와 함께였다. 벨라도나는 이연을 대신해 이단의 보호자 노릇을 했다. 이단의 먹는 것, 입는 것, 학업에 관한 것까지 모두 챙겼다. 이연은 어떤 영문에선지 전과는 다른 사람이 되어 있었다. 컵 슈트의 다섯 번째 카드를 움켜쥔 채 딸을 돌볼 여력이 없어 보였다. 벨라도나는 이단과 이연 모두를 돌보는 보모처럼 굴었다. 식탁보 같은 숄을 두른 채 카레를 기가 막히게 끓여냈고, 여전히 유튜브로 마술을 배우면서 모녀 곁에 머물렀다.

레이디 벨라도나가 온 뒤로 베닝턴 집에 잠시 활기가 돌았다. 때마침 미국 마녀협의회의 부활 시도가 횃불처럼 봉기하고 있었다. 이연은 벨라도나와 함께 그 일에 매달렸다. 처음 몇 달 동안 두 마녀는 뉴욕과 보스턴, 뉴올리언스로 다른 마녀들을 만나러 다녔다. 벨라도나는 소셜 미디어 신봉자답게 페이스북과 트위터를 통해 적극적인 홍보 활동을 펼쳤다. 마녀들은 이메일, 영상통화, 팟캐스트까지

동원할 수 있는 모든 매체를 이용해 열띠게 토론했다. 이단은 마녀들이 논쟁을 좋아한다는 사실에 놀랐다. 마녀의 담론을 듣다 보면 시간 가는 줄 몰랐다.

마녀들의 움직임이 공공연하게 포착될수록 의뭉스럽다는 비난도 덩달아 거세졌다. 수면 아래 있던 비밀이 떠오르는 순간, 비밀은 비밀스럽다는 이유로 비난받았다. 비밀은 봉인되어 있을 때 모두가 안심했다. 개성과 자유를 좇는 마녀들의 행보는 아무도 예측할 수 없었고, 투명하지 못하다는 비판 때문에 회생은 점점 요원한 일이 되어갔다. 애초에 마녀들에게 협의회 따위는 어울리지 않았는지도 모른다.

마녀협의회 일이 뜻대로 풀리지 않자 이연은 침묵 속으로 기어들었다. 트레이드마크였던 짙은 흑발은 하얗게 세어갔다. 예순을 바라보는 나이였다. 모녀 사이는 더욱 소원해졌다. 이연은 하루의 대부분을 서재에 틀어박혀 무언가를 기록하고 정리했다. 알음알음 찾아오던 시커들도 점차 줄어갔다. 이단은 층계참에서 시커들의 고민을 몰래 듣던 시절이 그리웠다. 이연이 쓰고 있는 책의 제목이 '그림자의 서'라는 것만 알았을 뿐 내용은 알 도리가 없었다. 레이디 벨라도나에게 묻자 언젠가 알게 될 거라는 대답이 돌아왔다.

이단의 12학년 가을 학기가 시작될 무렵이었다. 자연스럽게 대화는 이단의 진로 문제로 흘렀다. 이단은 사회학이나 심리학을 전공하고 싶다고 말했다. 뉴욕의 칼리지 몇 곳에 지원서를 보낼 예정이었는데 어디로 갈지 고민하고 있었다. 한 학교는 저명한 사회학자가 강의하는 곳이었고, 다른 곳은 심리학으로 유서 깊은 대학이었다. 이단의 말을 듣던 레이디 벨라도나가 입을 열었다.

"이단, 다른 길도 있단다."

"무슨 말씀이에요?"

"꼭 대학을 가야 하는 건 아니니까."

이단은 의아한 낯빛으로 벨라도나의 다음 말을 기다렸다.

"이연에게 '그림자의 서'를 물려받을 수도 있다는 말이야."

이단은 잠시 그 말의 의미를 새겨보았다. 마녀의 삶을 물려받으라는 것일까. 이단은 엄마를 보며 물었다.

"엄마는 어떻게 생각해?"

"뭘?"

시치미를 떼는 게 아니라 진짜 모르는 기색이었다.

"지금까지 우리 얘기 듣고는 있었던 거야?"

"이단, 네 진로는 네가 결정해야지. 이제 어린애가 아니잖아."

"누가 엄마한테 결정해달래? 그냥 엄마로서 의견이 있을 거 아냐. 이것도 카드로 결정할까?"

"네가 원한다면 그렇게 해. 그것도 네 선택이니까."

이렇게 말하며 이연은 덱을 잡았다. 이단은 기가 찬 눈빛으로 엄마를 노려봤다.

"궁금한 게 뭐야?"

이연이 양손으로 카드를 섞으며 물었다.

"왜 아빠를 죽였어?"

이연이 손짓을 멈추고 딸의 눈을 응시했다. 이연의 모습이 반영된 눈동자가 흔들리고 있었다. 벨라도나가 이단의 어깨에 손을 얹고 말했다.

"이단, 왜 그런 생각을 했니? 엄마는 에이단을 살리려고 노력했어. 너도 봤잖아."

"난 몰라, 모른다고! 그런 이상한 의식이 대체 뭔지. 길 가는 사람을 붙잡고 물어볼까? 다들 미쳤다고 할 거야. 그냥 병원에 있었으면 살았을지도 모르잖아."

"그건 그렇지 않아. 에이단은……."

"괜찮아. 벨라도나."

이연이 벨라도나의 말을 가로막았다. 이단은 내친김에 진짜 궁금했던 것을 물었다.

"에이단이 뉴욕에 가기 전날 뽑은 카드가 뭐였어? 엄마는 알고 있었지? 거기 가면 죽는다는 거."

"몰랐어."

"그런 것도 모르면서 타로 볼 자격이 있어?"

벨라도나가 이단을 제지했다.

"이단, 그만해. 오늘 내뱉은 말들이 너에게 상처로 남을까 봐 두렵구나."

벨라도나는 이단에게 방으로 돌아가라고 했다. 이연은 돌아서는 이단의 등을 향해 말했다.

"매달린 남자. 세 장 중에 마지막 카드였어."

메이저 아르카나 12번 '매달린 남자'. 이단은 그 카드가 시련과 희생을 의미한다고 알고 있었다. 3카드 배열의 마지막 장이라면 미래의 일이나 결과를 보여주는 자리일 것이다. 이단은 방으로 들어가 타로 카드 해설서를 펼쳤다. 이미 벌어진 일을 바꿀 수 없는 걸 알면서도, 떨리는 손으로 메이저 아르카나 12번을 찾았다.

푸른 수의를 입은 남자가 형틀처럼 보이는 나무에 거꾸로 매달려 있었다. 남자의 얼굴에 고통이나 괴로움은 보이지 않는다. 머리 뒤로는 노랗고 밝은 후광이 번쩍인다. 그림만 보고 상징을 이해하기는 어려웠다. 이단은 밑에 쓰인 해설을 읽었다.

일반적으로 형틀을 이루는 나무는 죽은 나무지만, 이 나무에는 새싹이 돋아 있습니다. 아직 생명이 있다는 뜻입니다. 남자는 죽음의 형벌을 받는 것이 아니라 생명의 길을 위해 고난을 겪고 있습니다.

책에는 '개인적인 발전이나 성장을 위해 고난을 자처한 것일 수 있으며, 영적인 성숙을 위한 통과의례가 될 수도 있다'고 쓰여 있었다. 에이단은 무엇 때문에 희생을 택했을까. 책을 덮고 이단은 생각했다. 궁금증이 해소되기는커녕 수수께끼 하나가 더 생긴 심정이었다. '매달린 남자'를 보고 에이단의 죽음을 예상할 수 없었다는 엄마의 말은 진심일 것이다. 희생의 결과가 죽음이 되는 상황은 흔한 일이 아니다. 카드로 읽어낼 수 있는 것은 일의 흐름일 뿐, 미래를 결정지을 수 없다는 것도 알고 있었다. 다만 에이단이 죽은 날부터 이단에게 뿌리내린 죄의식을 어디든 전가하고 싶었다. 이단은 그 사실에 가책을 느꼈다.

이른 아침, 타로로 하루 읽기를 하던 이연이 좋은 소식이 올 거라고 했다. 그리고 정말로 이단은 뉴욕의 한 대학으로부터 합격 통보를 받았다. 학기는 9월에 시작하지만 여름에 떠나기로 했다. 기숙사에 입주할 때까지 뉴욕에 있는 마녀 페샤의 스튜디오*에서 신세를 지기로 했다. 베닝턴의 숲속에서 본 후 다시 만난 적은 없었지만 이단은 생기발랄한 그 얼굴을 기억하고 있었다.

이연은 딸에게 행운을 비는 주문을 외워주었다. 레이디 벨라도나는 뱅쇼를 지나치게 마신 탓인지 코까지 붉어졌다.

"무슨 일 있으면 바로 전화해. 레이디 벨라도나가 당장 달려갈 테니까. 무슨 일이 없어도 하루에 한 번은 연락해. 영상통화면 더 좋고. 꿀 같은 말만 하는 남자는 조심해야 한다. 웬만하면 외모를 보고 골라. 뉴요커한테 기죽을 거 없어. 넌 서울 출신이잖아. 강남 스타일. 푸실마을이 강남하고 좀 멀기는 하지만 어쨌든."

벨라도나의 잔소리는 뉴욕까지 따라올 기세였다. 이단은 벨라도나와 이연을 차례로 포옹하고 집을 나섰다. 스키니 팬츠에 푸른 민소매 셔츠를 입고 가벼운 스니커즈를 신었다. 어깨까지 오는 단발머리는 질끈 묶었다. 큼직한 백팩과 하얀 스트라토캐스터 기타가 이단과 동행했다. 젊음의 생기는 숨길 수 없이 피어올랐다. 이제 스무 살이었다. 뉴욕행 그레이하운드 고속버스에 머리를 깊이 파묻고 이단은 스스로에게 다짐하듯 속삭였다.

"안녕. 나의 십대."

---

* 원룸주택(studio apartment).

III

그림자의 서

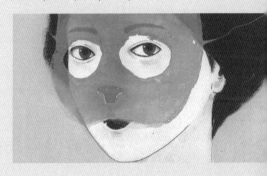

류이, 류이

뉴욕에 첫발을 디딜 때 스니커즈 밑창에서 부드러운 탄력이 느껴졌다. 8월의 열기가 신열처럼 끓어올랐다. 혼자 멀리 떠나온 것은 처음이었다. 몇 해 전 나는 태평양을 건너 이 도시에 불안과 슬픔을 안고 도착했었다. 봄이었지만 몹시 추웠고 부슬비가 내리던 게 기억났다. 고작 몇 해 전인데 때론 전생처럼 멀게 느껴졌다. 그사이 나는 성인이 되었다.

엄마는 말했다. 똑같은 카드를 뽑아도 결과는 제각각으로 발현된다고. 세상을 바라보는 태도가 모두 다르기 때문이라고 했다. 나는 이 도시에 대한 나의 태도를 바꾸기로 마음먹었다. 표지가 낡아서 너덜너덜해진 믿음노트를 꺼

내 이렇게 적었다. '스니커즈의 폭신함 그리고 훈풍.'

휴대전화 메모 기능을 이용할 수도 있지만 굳이 그렇게 했다. 믿음노트에는 이단이라는 소우주의 역사가 담겨 있다. 그 우주에서는 이 노트가 보물 3호쯤 될 것이고, 보물 2호는 에이단의 스트라토캐스터다. 보물 1호는, 이제부터 만들어볼 생각이다. 살면서 기타보다 좋은 것 하나쯤은 가질 자격이 있으니까.

뉴욕에 도착하면 나는 곧장 페샤의 스튜디오로 가기로 되어 있었다. 하지만 그 전에 꼭 들러야 할 곳이 있었다. 그레이하운드 터미널을 빠져나와 8번가를 따라 남쪽으로 천천히 걸었다. 뉴요커의 피로와 여행자의 흥분이 혼재된 거리를 8월의 태양이 느긋하게 달구고 있었다. 나는 대도시에 막 도착한 이방인의 모습으로 인파 틈에 스며들었다. 정확히 8분 만에 매디슨스퀘어가든 앞에 도착했다. 그 건물은 금속과 유리로 만든 거대한 케이크처럼 보였다. 기타를 멘 등에 축축하게 땀이 뱄다.

이제 어쩌지? 이곳에 와서 뭘 하겠다는 계획은 없었다. 헤매지도 않고 너무 쉽게 도착해버려서 오히려 얼떨떨했다. 열 지어 승객을 기다리는 노란 택시들이 시야에 들어왔다. 저쪽 어딘가에서 스트라토캐스터를 메고 탑승 차례를 기다리고 있었을 에이단을 떠올렸다. 그는 한 치 앞의 비극을 모른 채 장난기 어린 얼굴로 셀피를 찍어 나에게 보냈다. 노란 택시들은 박제된 곤충처럼 정차해 있고, 나는 보이지 않는 것을 응시하며 붙박여 있었다. 얼마나 지났을까. 어깨에 누군가의 손길을 느꼈을 때, 악몽에서 깨어난 사람처럼 놀랐다.

"괜찮으세요?"

남자가 항복하는 모양새로 양손을 펴 들었다.

"놀라게 해서 미안해요."

그제야 불붙을 듯한 열기를 온몸으로 견디고 있었음을 깨달았다. 나는 괜찮다고 말했지만, 대답과 달리 다리에 힘이 빠졌다. 앉을 곳을 찾아 주변을 두리번거렸지만 그 흔한 벤치 하나 보이지 않았다. 그가 나를 그늘로 이끌었고, 나는 배낭과 기타를 바닥에 내려놓았다.

"혹시 묵념하고 있었나요?"

그는 이렇게 물으며 손목시계를 흘긋 보았다. 무의식적인 동작이었는데 이상하게도 그 순간 낯선 도시에 홀로 떨어진 생경함을 느꼈다.

"오늘 코피 아난이 별세했다는 뉴스를 봤거든요."

그가 휴대전화를 내밀어 뉴스를 보여주었다. 기사를 보다가 고개를 들어보니 내가 묵념하는 것처럼 눈을 꼭 감고 있었다고 했다. 남자의 얼굴이 웃음기 없이 굳어 있어

163

서 야단맞는 듯한 기분이 들었다. 내가 코피 아난을 아냐고 묻자, 모르는 사람도 있느냐고 반문해서 무안해졌다. 그는 잠시 뜸을 들였다가 학교 초청강연에서 본 적이 있다고 말했다. 나는 코피 아난이 히치하이커에게 흔쾌히 차를 태워주는 사람이라고 엉뚱한 소리를 했다. 그는 내 얼굴을 살피며 시원한 곳에 가서 물을 좀 마시라고 권하더니 돌아서서 휘적휘적 걸어갔다.

어쩔 수 없이 나도 따라 걷기 시작했다. 거리는 조금 더 혼잡해졌다. 어깨에 멘 배낭과 기타가 점점 버겁게 느껴졌다. 남자가 저만치 앞서서 걷고 있었다. 넓은 어깨에 비해 마른 체형이라 셔츠가 헐렁해 보였다. 남자는 갑자기 뒤로 돌아 나를 향해 걸어왔다. 무언가 생각난 사람처럼 이렇게 말했다.

"어디든 들어가서 히치하이킹 이야기를 들어봅시다. 어쨌든 당신은 앉을 곳이 필요하니까."

나는 망설이며 답을 하지 못했다.

"내 이름은 류이에요."

그 순간 사이렌이 울었다. 요란한 고음이 긴 여운을 남기고 멀어져갔다. 이 도시 어딘가에 구급차가 필요한 사람이 있었다. 나는 남자의 눈을 건너보았다. 깊고 흔들림 없는 눈빛으로 여전히 웃고 있지는 않았다. 동양계로 보였지만 제스처나 표현 방식은 이곳에서 나고 자란 사람 같았다.

"이단이에요."

이 말을 승낙의 뜻으로 들었는지 그가 앞장서서 걷기 시작했다.

"기타 주세요."

나는 이번에도 망설이다가 기타를 건넸다.

"가방도요."

류이가 눈짓으로 내 묵직한 배낭을 가리켰다. 나는 치부라도 들킨 사람처럼 얼굴이 붉어졌다. 가방일 뿐인데 전 생애를 떠넘기는 기분이었다.

"뉴욕을 떠나는 중인가요, 도착한 참인가요?"

가방을 건네받고 류이가 물었다.

"조금 전에 도착했어요."

"다행이네요."

뭐가 다행인지는 몰라도 나는 마음이 조금 풀어졌다. 휴가철과 퇴근 시간이 겹쳐 인파가 점점 늘어났다. 이 도시는 내가 기억하던 모습과 많이 달랐다. 빌딩은 저마다 개성을 드러냈지만 주변과의 어울림은 고려하지 않는 듯했다. 옥외 광고판에서 이를 드러내고 웃는 금발의 패션모델과 삼성 스마트폰이 번갈아 떠올랐고, 옆에서 초대형 성조기가 나부꼈다. 미니드레스에 어글리 슈즈를 신은 여자가 경쾌한 보폭으로 나를 스쳐 갔다. 길은 사람에 치여 걷기 힘들 정도로 인파가 북적였다. 나는 남자를 놓쳤다. 분명 옆에서 걷고 있었는데 잠깐 한눈을 판 사이 사라져버린 것이다. 가방과 기타! 어깨가 서늘해졌다.

'뉴욕 남자 조심해라.' 레이디 벨라도나의 목소리가 귓전을 울렸다. 푹신함과 훈풍 그리고 소매치기. 믿음노트마저 사라져버렸으니 어디 적을 데도 없었다. 나는 엄마 손을 놓친 아이처럼 정신없이 두리번거렸다. 네 방향으로 갈라진 길 복판에서 어디로 가야 할지 몰라 막막해졌다. 그나마 주머니에 있던 휴대전화가 난파선의 유일한 구명벌이었다. 막상 전화를 꺼내 들자 911에 먼저 신고해야 할지, 폐사에게 알려야 할지 알 수가 없었다. 남자가 시야에서 사라진 지 고작 몇 분밖에 안 됐는데 우선 찾아봐야 하지 않을까. 자기 이름을 밝히는 소매치기도 있나? 아니지, 그게 수법일지도 모른다. 이름이야 얼마든지 가짜로 만들 수 있을 테니까. 수만 가지 생각으로 머리가 터지기 직전, 한 무리의 단체 관광객을 헤치고 류이가 불쑥 나타났다. 상기된 얼굴에 땀이 맺혀 있었다.

"당신, 뭐예요!"

내가 소리를 꽥 지르자 류이가 난감한 표정으로 나를 바라봤다.

우리는 다시 걸었다. 이번에는 류이가 내가 잘 따라오는지 살피며 걷다가 아예 나를 앞세웠다. 소란스러운 대형 카페 몇 군데를 지나쳐, 어딘가 적막해 보이는 길모퉁이 가게로 들어갔다. 최소한의 가구만 놓인 그 카페에는 손님도 우리 둘뿐이었다. 마치 우리 두 사람을 위해 마련된 연극무대 같았다. 그는 따뜻한 말차를, 나는 진저밀크티를 주문했다. 한여름의 늦은 오후와 어울리지 않는 음료 두 잔이 우리 앞에 놓였다. 류이가 나에게 뮤지션이냐고 물어서 나는 고등학교 밴드에서 잠시 활동했다고 얼버무렸다. 그가 기타 케이스를 만지작거렸다. 기타에 대해 더 물을까봐 나는 조금 긴장했다. 보니 레이트의 서명이 새겨진 일렉 기타가 아빠의 유품이라고, 아무렇지도 않게 말할 용기가 없었다.

"그러니까 혼자 뉴욕을 여행하고 있었던 거군요. 왜 첫 장소가 매디슨스퀘어가든이었나요?"

류이가 물었다. 나는 그곳에 가야 했던 진짜 이유를 몰랐고, 낯선 이에게 에이단 얘기를 할 수도 없어서 그저 머뭇거렸다. 그에 대한 경계심을 완전히 거두지 못한 상태였다. 나는 집에서 독립하고 싶어 먼 도시의 대학을 택했다는 것과 예정대로라면 지금쯤 폐샤의 스튜디오에서 짐을 풀고 있어야 한다는 것만 이야기했다.

"저는 매주 토요일마다 매디슨스퀘어가든에 가요."

류이가 이 말을 할 때 어느새 창밖으로 어둠이 내려와 있었다. 도시는 밤의 광채를 입고 화려해졌다. 우리는 카페를 나와 브로드웨이를 따라 남쪽으로 걸었다. 나는 밀크티를 마신 후 컨디션이 좋아져서 몇 시간이라도 걸을 수 있을 것 같았다. 배낭 안에 믿음노트가 들어 있다는 사실에 마음이 든든했다. 류이가 배고프지 않느냐고 물었다. 매디슨스퀘어공원 앞에 유명한 햄버거 가게가 있다고 했다. 나는 매디슨스퀘어가든과 매디슨스퀘어공원이 꽤 떨어져 있다는 사실을 처음 알았다. 날이 어두워질 때까지 거리를 쏘다닐 생각은 아니었지만, 나는 그러겠다고 대답했다. 햄버거를 먹겠다고.

류이가 나를 데려간 곳은 햄버거와 간단한 스낵을 파는 전형적인 미국식 펍이었다. 내부는 오소소 소름이 돋을 만큼 냉방이 잘되었다. 햄버거와 맥주 세트가 유명한 집이었는데, 나는 미국에서 술을 마실 수 있는 나이가 아니어서 콜라를 주문했다. 류이는 아랑곳없이 맥주를 시켜 마셨다. 더위 속에 오래 있었던 탓인지 갈증이 났다. 나는 콜라를 급하게 마시다가 딸꾹질을 했다. 찬 음료수를 마시면 종종 그랬다.

"손 이리 줘봐요."

류이가 내 팔을 당겨 손목 안쪽을 지압했다.

"딸꾹질은 기의 흐름이 원활하지 못해서 생겨요. 기는 호흡이니까 폐에 해당하는 혈자리를 찾아서 눌러주는 거예요."

"어떻게 그런 걸 다 알아요?"

"할아버지한테 들었어요. 한의사였거든요."

"중국 출신이세요?"

"아버지는 한국, 어머니는 대만분이에요. 나는 미국에서 태어났어요."

그 말을 듣고 보니, 류이는 한국에서도 미국에서도 이국적으로 느껴질 용모였다. 한동안 그는 내 손목을 누르는 데 열중했다. 매사에 이렇게 열심인가. 그의 입가에 잠시 엷은 표정이 떠올랐다가 물수제비처럼 사라졌다. 그러는 사이 딸꾹질은 멈춰 있었다.

그날 내가 뽑은 카드는 에이스 오브 완드였다. 언젠가 숲을 이루게 될 작은 씨앗이었고, 그것은 의지라기보다는 본능이 시킨 일이었다.

감정 스위치

페샤의 스튜디오는 오래된 건물이었지만 실내는 아늑했
다. 창문에는 드림캐처가, 천장에는 행잉플랜트가 매달려
있어서 전체적으로 부유하는 느낌이 들었다. 페샤는 곱슬
거리는 흑발을 풀어 헤치고 반라 상태로 방을 휘젓고 다
녔다. 나는 저러다 페샤마저 공중으로 떠오르는 게 아닐까
하는 착각에 빠졌다. 거실과 침실은 명주실을 꼬아 만든
가리개로 분리되어 있었다. 거실에 놓인 패브릭 소파가 앞
으로 열흘간 내 잠자리였다.

페샤는 딤섬이라고 불리는 페르시안 친칠라를 키웠다.
딤섬, 하고 부르면 귀찮다는 듯 고개만 까딱했고, 졸리면
페샤의 몸 아무 데나 살을 붙이고 잤다. 페샤는 말끝마다

허니, 달링, 베이비를 붙였는데, 가끔 그녀가 부르는 게 나인지 딤섬인지 헷갈렸다.

"어제 널 데려다준 남자는 누구지, 베이비?"

"류이야. 길에서 우연히 만났어."

"오호."

딤섬이 느릿느릿 다가와 내 발치에 앉았다. '계속해봐' 하는 것 같았다. 나는 페샤가 딤섬을 원격 조종하는 게 아닌가 싶었다.

"뉴욕에 온 첫날 길에서 남자를 주웠단 말이지?"

페샤가 내 컵에 시원한 레몬차를 듬뿍 따라주며 웃었다. 나는 그건 아니라고 대충 얼버무렸다. 페샤에게는 조금도 뻣뻣한 구석이 없었다. 몸과 마음이 모두 유연하달까. 마법을 일상으로 받아들인 그녀는 뉴욕 한복판에서 사밧과 에스밧을 지키며 살았다. 그녀와 보낸 열흘 동안 나는 마녀에 대해 새로운 사실들을 알았다. 엄마와 레이디 벨라도 나에게 내가 알 수 없던 것들, 너무 가까이 있어 보이지 않던 것들을 어렴풋이 이해하게 되었다.

엄마는 운명적으로 마녀의 길에 들어섰지만, 페샤는 '마녀'라는 라이프스타일을 스스로 선택한 사람이었다. 그것은 대체로 자연의 흐름을 따르는 삶이었지만 사회적 고립이나 시대착오를 의미하는 건 아니었다. 페샤는 젊고 자유

분방하며 현대적인 마녀였다. 나는 벨라도나가 엄마의 '그림자의 서'를 물려받지 않겠느냐고 묻던 일을 떠올렸다.

어렸을 때 나는 '마녀놀이'를 하고 놀았다. 엄마처럼 검은 옷을 입고 가랑이에 싸리비를 끼고 뛰어다녔다. 언젠가 날아오를 것을 기대하면서. 엄마를 따라 했다기보다는 동화 속 마녀를 연기한 거였다. 나는 엄마가 어떻게 마녀의 길에 들어섰는지, 마녀로서의 신념과 목적은 무엇인지 한 번도 묻지 않았다. 단지 엄마의 차림새와 독특한 생활 방식에 불만을 갖거나 혹은 매료되거나 했을 뿐이었다. 한 번도 엄마의 삶을 이해하려고 노력하지 않았다는 사실을 그제야 깨달았다. 벨라도나의 말은 꼭 마녀가 되라는 뜻은 아니었을지도 모른다. 마녀로서의 엄마의 삶을 조금 헤아려보라는 뜻이었는지도.

폐샤는 선뜻 자신의 '그림자의 서'를 보여주었다. 그림과 사진, 수수께끼 같은 도형들이 가득 담긴 스크랩북이었다. 군데군데 귀여운 캐릭터가 등장해 만화가의 창작노트처럼 보이기도 했다. 폐샤는 자신만의 방식으로 '그림자의 서'를 채워가고 있었다. 내가 나의 방식대로 믿음노트를 채워가듯이.

'그림자의 서'는 솔리터리 마녀 개개인의 마법서였다. 그러나 마법서를 습득한다고 해서 아무나 마법을 행할 수는 없다. 리추얼의 과정을 기록할 수는 있지만, 마법이 일어날 때 발산되는 실제 에너지를 책 안에 담을 수는 없기 때문이었다. 그래서 마녀들은 자신들의 기록을 '그림자의 서'라고 불렀다. 본질은 어디에도 기록될 수 없다. 그것은 오로지 마법을 행한 마녀 자신만의 것이었다.

뉴욕에 온 지 일주일이 지나 다시 토요일이 되었고, 나는 거울 앞에 있었다. 벌써 한 시간째 내 옷의 거의 전부인, 서너 벌의 셔츠와 청바지를 번갈아가며 매치해보는 중이었다. 그러다 머리를 쥐어뜯었다. 어째서 근사한 외출복 한 벌이 없는 걸까. 내 패션쇼의 유일한 관객인 딥섬마저 지루한 듯 하품을 했다.

"달링, 무슨 일이야?"

페샤가 가리개 커튼을 들추고 물었다. 나는 오늘 류이와 매디슨스퀘어가든에서 열리는 드레이크와 미고스 콘서트에 가기로 했다고 설명했다. 페샤는 내 말이 끝나기도 전에 "All right!" 하고 외쳤다. 결국 페샤의 옷장에서 내 몸에 맞는 흰색 탱크톱 한 벌을 찾아냈다.

매디슨스퀘어가든 앞은 콘서트를 보러 온 사람들과 주말 행락객으로 몹시 붐볐다. 류이는 거리를 등지고 정문을 향해 서 있었다. 어쩐지 뒷모습이 눈에 익었다.

"류이."

그가 돌아서자 공기가 미묘한 냄새를 실어 왔다. 류이가 가볍게 눈인사를 했다. 여전히 미소에는 인색했다. 왠지 어색해진 나는 고개를 숙였다. 보도블록에 붉은색 기타 피크가 떨어져 있는 게 보였다. 누군가 알아봐주길 기다리는 것처럼 도드라졌다. 류이가 그것을 주웠다.

"세상에서 제일 잃어버리기 쉬운 물건 중 하나죠."

그가 피크를 내게 건넸다. 붉은 물방울 모양에 누군가의 지문이 인장처럼 찍혀 있었다. 얼결에 피크를 주머니에 넣고 류이를 따라 북문으로 향했다.

나흘 동안 열리는 드레이크와 미고스 공연은 티켓이 전부 매진될 만큼 성황이었다. 류이는 나를 알기 전에 티켓을 예매해두었고, 처음 만난 날 함께 가겠느냐고 물었다. 좀 이상했지만, 나는 누군가 약속을 펑크 낸 모양이라고 생각했다. 그런데 그날 이후에도 류이는 매디슨스퀘어가든에서 열리는 뉴욕 닉스 경기나 도그쇼 티켓을 두 장씩 예매한 후 내게 함께 갈지 물었고 내가 갈 수 없는 날에는 혼자서 보러 갔다.

나는 류이가 드레이크나 미고스의 팬이거나 적어도 힙합을 좋아하려니 생각했다. 의외로 그는 록 뮤직 마니아였고, 뉴욕 닉스의 팬이 아닌 것처럼 드레이크의 팬도 아니었다. 다만 주말에 매디슨스퀘어가든에서 시간을 보내고 싶어 했다.

공연은 규모가 굉장했다. 뮤지션들은 관객을 압도했고 만 명의 관객들은 귓가가 얼얼할 정도로 환호했다. 무대의 섬광이 객석을 향할 때 류이의 옆모습을 보았다. 내 존재는 완전히 잊은 듯 음악에 푹 빠져 있었다. 네온 스틱을 잡은 우리의 손이 언뜻 스치자 류이가 나를 처다보았다. 처음으로 그가 환하게 웃었다.

공연이 끝나고 뉴욕의 밤거리로 쏟아지듯 나왔을 때, 애써 외면하고 있던 감정이 마음 깊은 곳에서 일렁였다. 여흥이 채 가시기도 전이었다. 이 도시를 폭신함과 훈풍으로 기억하자고 다짐했던 나에게 매디슨스퀘어가든에서 공연을 보자는 류이의 제안은 일종의 시험처럼 느껴졌다. 나는 용기를 내어 류이가 내민 손을 잡았지만 지금 이렇게 슬퍼지려는 것은 어쩔 도리가 없었다. 내 안색이 어두운 걸 느꼈는지 류이가 물었다.

"공연이 별로였나요?"

"공연은 좋았어요."

"공연은 좋았다? 그럼 내가 별로였나?"

나는 그건 아니라고 변명조로 말했다. 류이가 걸음을 멈추고 아까 주운 피크를 달라고 했다. 나는 누군가의 지문이 찍힌 붉은색 피크를 주머니에서 꺼냈다.

"기분은 서서히 푸는 게 아니에요. 곧바로 모드를 바꿔야 해요. 이제부터 이 피크가 온오프 스위치라고 생각해요. 스위치를 누르면 즉시 좋은 기분이 되는 겁니다. 못 믿겠으면 한번 눌러봐요."

나는 류이의 손에 놓인 피크를 검지로 꾹 눌렀다. 류이의 손바닥이 내 손가락의 압력을 유연하게 받아냈다. 손끝에서부터 기분 좋은 에너지가 전해졌다. 부드러운 감정이 솟아났고 마음의 빗장이 풀렸다. 가볍게 웃음이 났다.

"울적할 때 그냥 쥐고 누르기만 해요."

류이가 내 손에 피크를 쥐여주며 말했다. 나는 고개를 끄덕였다. 넌지시 고개를 드는 우울의 그림자를 나는 애써 모른 척해왔다. 그러나 방기한 슬픔은 더 큰 슬픔을 낳을 뿐 외면한다고 아무는 건 아니었다. 류이는 내가 내 기분의 주인이라는 단순한 진실을 깨닫게 해줬다. 나는 마법에 걸린 사람처럼 순식간에 감정을 바꾸는 법을 터득했다.

'내 기분은 내 의지대로 변한다.'

류이가 마법의 신비를 이해하는 사람이라서 좋았다. 처음 만난 날 그가 내 딸꾹질을 멎게 했던 일이 떠올랐다. 유별난 기적만이 마법은 아닐 것이다. 일상에서 마주친 그런 사소한 일들도 내게는 이제 마법처럼 느껴졌다. 마법을 믿는 사람들은 사랑에 빠진 순간을, 뜻밖에 만난 작은 행운을, 어둠이 걷히고 빛이 오는 모든 순간을 마법으로 여긴다. 마법은 요행이 아니라 에너지의 흐름을 살짝 바꾸는 일이었다. 나는 류이가 건네준 감정 스위치를 주머니에 깊숙이 찔러 넣었다.

"가요. 우리 뭐라도 먹어요."

나는 류이의 손을 잡아끌었다. 활력에 찬 걸음으로 맨해튼 거리를 밤새 돌아다녔다. 페샤의 스튜디오 앞에서 헤어질 때 류이가 내 얼굴을 빤히 보았기 때문에 나는 더욱 즐거워졌다.

잭오랜턴*

9월 둘째 주에 학기가 시작되었다. 나는 페샤의 스튜디오를 떠나 기숙사로 거처를 옮겼다. 방이 셋 딸린 아파트형 기숙사에서 두 명의 하우스 메이트와 살게 되었다. 말이 기숙사였지 외박, 파티, 친구 초대, 무엇이든 가능했다. 진짜 어른이 된 기분이었다. 어른이 된 기념으로 학자금 대출도 떠안았다. 빚은 내 학습 열의를 불태웠다. 학업을 위해 대출받은 건지, 빚을 갚으려고 학업에 몰두하는지 모를 지경이었다.

첫 학기에 나는 과목명에 '개론'이나 '총론'이 붙는 신입

---

* 호박 속을 파내고 껍질에 눈과 입 구멍을 내 안쪽에 촛불을 밝히는 핼러윈 장식 등불.

생을 위한 강의를 주로 들었다. '음악인류학'이라는 거창한 수업도 신청했는데, 에콰도르에서 온 교수님의 발음을 절반은 알아듣지 못해 풀이 죽었다. 나중에 네이티브 학생들도 마찬가지라는 말을 듣고 약간은 위안을 얻었다.

이따금 류이와 만났다. 학부에서 유전생물학을 전공한 그는 의학대학원에 다니고 있었다. 학업량이 어마어마해서 벽돌처럼 두꺼운 책을 끼고 살았다. 류이는 목표를 정하면 반드시 성취해내야 하는 사람이었다. 아버지에게 물려받은 기질이라고 했다. 그의 아버지는 자수성가한 사업가였는데, 류이 말에 의하면 '한국인 우월론에 빠진 국수주의자'였다. 내가 가혹한 평가라고 지적하자 류이는 그게 사실이라고 대수롭지 않게 받았다.

대만에서 온 류이의 어머니는 우리 학교 사회학과 교수였는데, 이처럼 사소한 우연도 나는 류이와 나 사이를 잇는 계시처럼 느껴졌다. 류이는 아버지가 학벌 콤플렉스를 만회하려고 고학력자 여성과 결혼했다고 믿었다. 나는 류이 아버지에 대한 이야기를 들을 때마다, 어쩌면 류이보다 내가 그를 더 잘 이해할지도 모르겠다는 생각이 들었다. 류이가 아버지에 대해 평가할 때 한국 사회나 문화에 대한 맥락이 빠져 있었기 때문이다.

나는 브로드웨이의 아동 서점에서 파트타임 일자리를

구했다. 가난한 유학생이 뉴욕의 물가를 감당하기는 쉽지 않았다. 손님이 뜸한 시간이면 아무 동화책이나 꺼내 읽었다. '류이는 이런 책을 읽으며 자랐겠구나' 하고 생각하면 동화 속 이야기가 말할 수 없이 좋아졌다. 책을 끌어안고 킁킁 냄새를 맡기도 했다. 그런 나를 매니저가 한심한 듯 쳐다보곤 했다. 나는 요정이 등장하는 페어리 테일을 좋아했다. 요정들은 장난치는 걸 좋아했고 심술도 잘 부렸다. 허당 끼가 있어서 누군가를 골리려다 도리어 자기가 당했고, 순진하게 속기도 잘했다.

가끔 한국인 엄마들이 아이를 데려와 한국어로 이것저것 물어왔다. 그들은 자녀에게 좋은 책을 읽히고 싶어 했다. 나는 아이들을 위해 동화책을 골라주었다. 그들에게서 우리 엄마의 모습을 보았다. 낯선 환경에서 육아라는 힘든 과업을 성심껏 해내는 모습 말이다.

서점에서 퇴근하면 기숙사로 돌아가 벨라도나가 써준 레시피대로 요리를 했다. 그럴 때면 문득 베닝턴의 두 마녀가 그립기도 했다. 하지만 두 마녀보다 더 보고 싶은 사람은 류이였다. 동틀 무렵 류이가 기숙사 앞으로 찾아온 적이 있었다. 밤새 도서관에 있다가 날이 밝자마자 왔다고 했다. 우리는 아파트 건너편 카페에 가서 그날의 첫 손님으로 베이글과 커피를 먹었다. 그뿐이었지만, 그보다 더 좋은 일은 없었다. 류이는 나를 학교까지 바래다주고, 집으로 돌아가 정오까지 자겠다고 했다. 류이의 잠, 류이의 방, 류이의 꿈, 그런 것들이 궁금해졌다.

핼러윈을 하루 앞두고 나는 페샤의 스튜디오로 갔다. 페샤가 뉴올리언스에 다녀온다며 딤섬을 며칠만 봐달라고 부탁했기 때문이다. 집사가 온 걸 알았는지 딤섬이 쪼르르 마중을 나왔다. 오후에 류이가 커다란 호박 두 덩이를 들고 왔다. 우리는 잭오랜턴을 만들기로 했다. 축제 분위기로 들뜬 거리를 산책하다가 류이가 이렇게 말했기 때문이다.

"어렸을 때 호박등 만드는 친구들이 부러웠어. 나는 핼러윈 분장도 못 해봤어. 사탕을 받으러 다닌 적도 없고."

류이는 이곳의 축제와는 동떨어져 살았다. 대신 추석 때 송편과 만두를 빚어 먹었다고 했다. 나는 추석 대신 사밧과 에스밧을 기념하며 살았다는 말을 꾹 삼켰다. 나는 이렇게 외쳤다.

"잭오랜턴 만들자! 나는 한국 귀신으로 분장할 거야."

류이가 즉시 동의했다. 어린 시절의 우리가 만나 서로를 가만히 안아주는 느낌이었다.

우리는 페샤의 주방에서 늙은 호박의 속을 파냈다. 호박은 겉과 속이 달랐다. 단단한 껍질 안에 무른 속살을 감추

고 있었다. 류이는 꽃삽으로 실타래 같은 호박 속을 긁어
냈다. 씨가 정말 많았다. 나는 류이 옆에서 호박씨 깐다는
말을 아느냐, 샤를 페로가 호박으로 진짜 마차를 만들었다
는 게 사실이냐, 하며 아무 말이나 늘어놓았다. 나는 류이
와 있을 때면 부쩍 말이 많아졌다. 류이는 조각칼로 호박
에 눈을 만들면서 가끔 내 말에 대꾸하거나 호응해주었다.
남자들은 한꺼번에 두 가지 일을 못 한다는데, 류이는 손
을 재게 움직이면서도 귀로는 내 말을 다 듣고 있었다. 저
런 실력이면 외과의사가 돼야 하지 않나, 잘 들어주고 공
감도 잘하니까 역시 정신과가 낫겠지, 쓸데없는 고민을 했
다. 나는 콩깍지 씌었다는 말을 아냐고 물어보려다 그만두
었다.

늙은 호박은 도깨비 형상으로 변모했다. 촛불을 밀어 넣
자 도깨비 눈이 번득였다. 딤섬이 그 옆에서 눈을 감고 졸
았다. 우리는 첫 잭오랜턴을 기념하기 위해 와인을 땄다.
한 모금에 이미 알딸딸해진 나는 남은 와인으로 뱅쇼를
끓이기로 했다. 알코올이 날아간 다디단 이 음료를 어린
시절 나는 감기약으로 먹었다. 오븐에서는 도깨비 속살이
구워지고 있었다. 호박 한 통을 다 파냈으니 죽이든 파이
든 만들어야 했다. 류이가 대만에서는 외식이 보편적이어
서 어머니가 집에서 음식을 만들지 않는다고 했다.

"내가 어렸을 때 아버지 성화에 못 이겨 엄마가 요리한 적이 있었어. 두부를 소금에 절여 푹 삭힌 음식인데 온 집 안에 고약한 냄새가 진동했어. 아버지는 이게 음식이냐, 쓰레기냐 노발대발하셨지."

"맛은 어땠어?"

"인생 별미. 첫맛은 강렬한 향취로 시작해서 톡톡 터지는 고소한 풍미로 끝나는 맛."

류이는 그 맛을 음미하는 듯한 표정으로 말했다. 류이와 어머니는 느긋하게 만찬을 즐겼고 아버지는 두 번 다시 요리를 청하지 않았다는 이야기.

호박 속살은 우리 뜻대로 되지 않았고(모양은 파이였지만 식감은 죽에 가까웠다) 결국 배달음식을 주문했다. 음식을 기다리며 소파에 나란히 앉아 넷플릭스를 켰는데 거기서 로운이 나왔다.

"어? 로운이다!"

나는 반가움과 놀라움이 뒤섞인 비명을 질렀다. 신인 모델을 발굴하는 한국 예능 프로그램이었다. 로운이 모델 지망생 참가자로 무대에 나와 런웨이 워킹을 선보였다. 성인이 된 로운은 어릴 때와는 다른 분위기였지만, 딤섬과 닮은 푸른 눈과 긴 팔다리는 여전했다.

"아는 사람이야?"

류이가 물었고, 나는 유일한 '한국 친구'라고 설명했다. 로운의 할머니가 만든 된장을 함께 먹고 자랐다는 것도. 하지만 겨우살이 아래에서 있었던 일만은 말할 수 없었다.

워킹 시연을 마친 로운은 자신을 한국 토박이라고 소개했다. 로운은 모국어로 말한 것뿐인데 방청석에서 박수가 쏟아졌다. 첫 무대에서 로운은 심사위원 전원의 지지를 얻어 다음 라운드에 진출했다. 다섯 명의 심사위원 중에는 로운이 '덕질'하던 일랑도 있었다. 나는 괜스레 뿌듯해져서 로운이 등장할 때마다 물개 박수를 쳐댔다.

"이단."

류이가 팔을 뻗어 나를 진정시켰다.

"미안. 너무 신기해서 그래."

"지금은 연락이 끊긴 거야?"

"말하자면 길어."

언젠가 기회가 있다면 류이에게 모든 걸 말해주고 싶었다. 하지만 지금은 둘만의 시간을 오롯이 지키고 싶었다. 나는 류이의 어깨에 머리를 기댔다.

"내 연적이 모델이었다니."

그 말에 나도 모르게 류이의 얼굴을 와락 끌어안았다. 입김에 섞긴 와인 향이 나를 들뜨게 했다. 류이가 부드러운 완력으로 나를 당겼고, 나는 그의 품으로 잠기듯이 안겼다.

따뜻하고 단단한 류이의 등을 놓고 싶지 않았다. 그 순간만큼은 평생 붙들고 있어도 좋을 것 같았다. 류이의 입술이 다가올 때 나는 질끈 눈을 감았다. 밤새도록 서로의 몸을 탐험하고도 마음의 열기가 식지 않았다. 다음 날은 핼러윈이었다. 나는 처녀 귀신 분장으로 맨해튼을 활보할 생각에 들떠 있다가, 류이가 내 귓불을 매만지는 동안 스르르 잠이 들었다.

낙낙낙, 낙낙낙.

현관에서 이런 소리가 규칙적으로 들려왔다. 나는 류이와 동시에 잠에서 깼다. 둘 다 알몸인 채로 여전히 꼭 붙어 있었다. 머리맡까지 드리워진 햇살 때문에 조금 부끄러워졌다. 아침의 불청객만 아니었다면 계속 그렇게 있고 싶었다. 나는 잠이 덜 깬 목소리로 말했다.

"이 시간에 누구지?"

"내가 나가볼게."

류이가 알몸으로 천연덕스럽게 걸어 나갔다. 나는 이불을 뒤집어썼다가 내가 왜 숨지, 하는 마음이 들어 류이의 엉덩이를 훔쳐봤다. 류이는 허리에 수건을 두르고 현관으로 향했다. 소란스러운 소리에 나는 이불 속에 웅크린 채 얼굴만 내밀고 외쳤다.

"류이, 누구야?"

"이단, 어머니가 오셨어."

나는 벌떡 일어나 널브러진 옷가지를 대충 걸치고 현관으로 달려갔다. 류이가 '짜잔' 하는 것처럼 한 팔로 반원을 그렸다. 문 앞에 두 마녀가 서 있었다. 엄마와 레이디 벨라도나는 완벽한 핼러윈 복장이었다. 그게 일상복이라는 게 문제였지만.

"이 헐벗은 청년은 누구냐?"

레이디 벨라도나가 류이를 훑어보았다. 네 사람은 페샤의 식탁에 모였다. 이 집이 처음으로 비좁게 느껴졌다. 딤섬까지 끼어 있으니 숨 막힐 지경이었다. 녀석은 재미난 구경거리라도 찾은 듯 우리 사이에 비집고 앉았다. 엄마가 중탕냄비 뚜껑을 열고 뱅쇼를 맛보더니 정향이 덜 들어갔다고 혼잣말을 했다.

"분장이 완벽하세요. 진짜 마녀인 줄 알겠어요."

류이가 감탄한 어투로 이렇게 말했다.

"말도 없이 어쩐 일이에요?"

내게서는 곱지 않은 말이 나왔다.

"우리도 뉴욕에 볼일 많다. 코번 마녀들을 만나러 왔지. 넌 메시지에 답도 없더구나."

휴대전화를 확인해보니 벨라도나의 메시지가 여러 개 와

있었다.

"어디 보자. 내가 맞혀볼까요? 나이는 스물셋? 아직 학생인가? 머리는 어디서 잘랐어요? 뉴욕 스타일? 그러니까, 어젯밤에 여기서 잤군?"

"스물다섯, 대학원생이고, 머리는 매디슨가의 '에릭헤어'에서 잘랐습니다. 어젯밤에는……."

엄마는 관상을 보는 것처럼 류이의 얼굴을 빤히 보다가 엄청난 결심을 털어놓듯 말했다.

"뭘 좀 먹어야지."

"그래 맞아. 허기져 보여."

레이디 벨라도나가 장단을 맞췄다. 그녀야말로 배고픈 판다처럼 보였다. 비좁은 공간에 두 마녀까지 있으니 여간 불편한 게 아니었다. 샤워를 마친 류이는 예의 수건만 두른 채욕실에서 나왔고, 나는 그의 등짝을 떠밀었다.

내가 넷플릭스에서 로운을 봤다고 했더니 벨라도나는 이미 결승 라운드에 진출했다고 스포일러처럼 떠벌렸다. 그러고는 친절하게 한국 드라마 몇 편을 추천해주고 떠났다.

초대

    성탄 전야에 류이가 나를 부모님 댁으로 초대했다. 뜻밖이었다. 나는 다른 것을 기대한 티를 내지 않으려 노력했다. 이를테면 둘만의 로맨틱한 데이트 같은. 우리는 블루밍데일스 백화점에 선물을 사러 갔다. 날씨는 흐렸지만 맨해튼은 1년 중 가장 화려한 시기였다. 록펠러센터의 거대한 가문비나무에 5만 개의 전구가 일제히 점등했고, 우리는 수만 전구 중의 하나처럼 인파 틈에 휩쓸려 다녔다. 눈이 오면 좋았겠지만 오지 않아도 좋았다. 나는 류이 부모님의 선물로 캐시미어 머플러 한 쌍을 골랐다. 좋은 것을 선물하고 싶었다. 크리스마스에 나를 초대해주었으니까. 한 달 치 알바비가 고스란히 들어갔다. 당분간 점심으로 샌드위치만 먹어야 될지도 모른다. 류이를 위해서는 스트랜드 서점에서 양장 노트 한 권을 샀다. 표지에 굵은 펜으로 '믿음노트'라고 적었다. 선물을 주면서 내 믿음노트에 대해 이야기할 수 있을까. 감추고 싶은 마음과 발설하고 싶은 욕구 사이에서 나는 아슬아슬하게 줄다리기를 했다.

류이는 소형 폭스바겐을 타고 나를 데리러 왔다. 자동차는 나보다 나이가 많아 보였다. 히터가 시원찮아서 류이는 헤링본 코트를 목까지 여미고 있었다.

"길 막힐 텐데."

"괜찮아. 함께니까."

류이의 집은 브루클린의 한적한 주택가에 있었다. 정원에 소박한 크리스마스 장식이 꾸며져 있었다. 부모님이 현관으로 마중 나왔는데, 류이는 엄마와 아빠를 절반씩 닮아 있었다. 나는 류이의 내밀한 곳으로 들어서는 기분이 들었다. 세 사람은 흠 잡을 데 없는 가족이었다. 온전한 가정에서 자란 류이가 부러우면서도 마음 한구석이 불편했다. 류이는 우리 엄마와 레이디 벨라도나를 보고 무슨 생각을 했을까. 나도 엄마와 닮은 데가 있긴 했지만, 닮지 않은 데가 훨씬 눈에 띄었다. 그건 에이단과 있었을 때도 마찬가지였다.

류이의 아버지는 나에게 계속 한국어로 말을 걸었다. 그

동안 쓰지 못한 모국어를 한꺼번에 써버릴 작정인 듯했다.

"아버지, 내 욕 하면 다 알아들어요."

류이가 엄포를 놓았다. 실제로 류이는 한국어를 곧잘 알아들었다. 아버지는 류이에 대해 많은 이야기를 해주었다. 류이는 어렸을 때 음양오행을 공부했고 심지어 논어를 읽었다고 했다. 아버지에게는 그 사실이 큰 자랑이었다. 류이는 강요에 의한 독서였으며, 지금 기억나는 건 읽었다는 사실뿐이라고 했다. 아버지가 책 내용이 류이의 뼛속까지 체화된 거라고 주장하자, 어머니가 웃으면서 고개를 절레절레 흔들었다.

류이 아버지는 류이의 친구들을 만날 때마다 음양오행과 논어에 대해 설명했다. 물론 제대로 이해하는 친구는 없었다. 아버지의 입장에서 자신의 영어는 전혀 문제 될 게 없었다. 다만 류이의 친구들이 한국말을 못 알아듣는 게 문제였다. 그런 점에서 나는 아무 문제 없는 친구였다. 뻔뻔할 정도로 당당한 그의 태도에 나는 약간 감동받았다. 그에 비해 류이 어머니는 겸양의 미덕을 가진 사람이었다. 아버지의 위풍당당에 기가 눌리지도 않았고, 그 태도를 나무라지도 않았다. 류이는 어느 쪽 성향도 닮지 않은 듯했다. 처음에 비슷한 이미지로 보였던 가족은 너무 다른 개성을 가지고 있었다.

그날 저녁, 나는 메이저 아르카나 19번 '태양' 카드를 뽑은 기분이었다. 활기차게 타오르는 태양은 완성과 통합을 의미했다. 나는 온전한 가정의 일원이 된 착각에 빠졌다. 한편으로 그 밤은 나에게 푸실마을의 동짓날을 떠올리게 했다. 엘비스 코스텔로의 노래를 부르던 에이단과 소녀처럼 감상에 젖어 있던 은길 씨, 호적을 잃어버려 슬퍼하던 준배 씨, 마술쇼를 보여줬던 레이디 벨라도나 그리고 빙긋 웃던 엄마. 그날 일은 오래전 꾸었던 꿈같았다.

저녁 식사를 마치고 류이가 자기 방을 보여주었다. 뉴욕에서 지내는 지금은 대체로 빈방이었지만, 도처에서 류이의 체취가 느껴졌다. 선반 위에는 류이의 성장 과정이 담긴 액자들이 연도별로 진열되어 있었다. 사진을 구경하다가 책장과 책상 사이 좁은 틈에서 기타를 보았다. 꼭꼭 숨겨놓은 느낌이어서 오히려 눈길이 갔다.

"열어봐도 돼?"

흔쾌히 그러자고 할 줄 알았는데 류이는 잠시 말이 없었다. 잠깐이었지만 주저하는 기색이 확연했다. 류이는 조심스럽게 기타 케이스를 침대에 올렸다. 네 개의 걸쇠를 풀고 덮개를 올리자 깁슨 일렉 기타가 모습을 드러냈다.

"일렉 기타를 연주했어?"

"손 놓은 지 오래됐어."

"그런 것 같네."

나는 기타의 넥 부분을 손으로 쓸어보았다. 기타 줄은 전부 풀려 있었지만 오랫동안 만지고 길들인 흔적이 있었다.

"고등학교 때 록밴드에서 활동했어."

류이가 무대에서 연주하는 모습을 상상하니 가슴이 뛰었다. 그 시절 류이를 알던 모든 사람들이 부러워졌다. 나는 내가 볼 수 없었던 시절의 류이를 그리워했다.

"인기 많았겠네. 록밴드는 팬을 몰고 다니잖아."

"뭐, 그렇지."

"뭐가 그런데?"

나는 류이의 옆구리를 살짝 꼬집었다. 류이가 간지럽다고 자지러지는 바람에 내가 더 놀랐다. 류이의 약점은 옆구리였구나. 믿음노트에 적어두어야 할 사항이었다. 우리는 침대에 꼭 붙어 누웠다. 누가 엿듣는 것도 아닌데 가만가만 대화를 나눴다.

"기타는 왜 그만둔 거야?"

"아버지가 반대하셨어."

"지금이라도 다시 하면 되잖아."

"시간도 없고, 또……."

"또?"

"너 만날 시간도 부족해."

류이가 내 볼에 입을 맞췄다. 잠들기 아쉬운 밤이었다. 류이의 공간이 품고 있는 다정한 온도가 좋았다. 나는 장소에도 감정이 있지 않을까 생각했다. 새벽녘에 류이가 내 귀에 대고 속삭였다.

"메리 크리스마스."

크리스마스 휴가가 끝나고 새해가 되었다. 한국이었다면 한 살 더 먹었을 것이고 술도 마실 수 있을 텐데, 그게 아쉬웠다. 나는 레이디 벨라도나와 약속한 대로 베닝턴에서 겨울을 보내기로 했다. 뉴욕에 왔을 때처럼 그레이하운드 고속버스를 타고 뉴욕을 떠났다. 류이가 정류장까지 바래다주었다. 고작 두 달 떨어져 있을 예정이었지만, 몇 년 못 볼 사람들처럼 우리는 아쉬워했다. 버스 기사가 경적을 두 번 울릴 때까지 류이는 나를 끌어안고 놓아주지 않았다.

베닝턴에 도착했을 때 자작나무 숲은 온통 눈꽃으로 뒤덮여 있었다. 박공지붕 위에도 포슬포슬한 눈송이가 하얗게 반짝거렸다.

"예쁘다."

이 말이 절로 나왔다. 3년을 살았던 집인데 왜 예쁜 걸 몰랐을까.

레이디 벨라도나가 뒤뚱거리며 나를 마중 나왔다. 벨라

도나는 살집이 더 불어 있었다. 엄마는 내가 잘 아는 검정 벨벳 드레스를 입고 있었는데, 그사이 살이 빠졌는지 옷이 헐렁했다. 모자를 쓰지 않아서 길게 늘어뜨린 백발이 구도자 같은 느낌을 주었다. 엄마는 이제 예순 살이 넘었다. 나는 엄마가 아프다고 외칠 만큼 힘껏 껴안았다. 집 안에는 뱅쇼 끓이는 냄새가 진동했다. 덕분에 '홈스윗홈'에 돌아온 실감이 났다. 그러나 그 밤에도 엄마는 서재에 틀어박혀 나오지 않았다.

"엄마는 여전하네요."

내 말에 벨라도나가 기다렸다는 듯 푸념을 쏟아놓았다.

"말도 마. 요즘은 잘 먹지도 않고 저러고 있어. 건강이 많이 상했어. 내가 말려도 영 듣지를 않아. 이단, 네가 좀 얘기해봐."

벨라도나의 표정이 심각했다. 나로서도 뾰족한 수가 있는 건 아니었지만, 나는 엄마의 방문을 두드렸다.

"엄마."

긴 정적만이 돌아왔다. 나는 조심스럽게 문을 열었다. 방 안은 몹시 어두웠다. 이런 조도에서 읽고 쓰는 일이 가능할까 싶었다. 엄마의 실루엣이 희미하게 잡혔다. 모로 숙인 얼굴이 푸른빛이 돌 정도로 창백했다.

"엄마!"

새된 외침이 터져 나왔다. 엄마는 의식이 없었다. 비명을 듣고 뛰어온 벨라도나가 911에 신고하라고 말했고, 나는 정신없이 전화기를 찾았다. 벨라도나는 엄마를 바닥에 눕히고 침착하게 안구와 호흡을 체크했다. 이런 일이 처음이 아닌 것 같았다.

병원에 도착한 후 엄마는 별다른 조치 없이도 의식을 회복했다. 저혈압으로 인한 일시적 심정지였다. 지난 1년 사이 벌써 세 번째라고 벨라도나가 털어놓았다. 진한 소독약 냄새가 괴로운 기억을 상기시켰다. 의사가 엄마를 데려가도 좋다고 해서 우리는 택시를 타고 집으로 돌아왔다. 엄마를 침실에 눕히고 서재로 갔다. 책상 위에 '그림자의 서'가 펼쳐져 있었다. 엄마는 무언가를 기록하던 중이었다. 첫 장을 넘겼다.

"의지대로 행하되 남을 해치면 안 된다."
키르케 머피로부터.

엄마에게 키르케에 대해 들은 적이 있었다. 엄마의 양어머니였던 사람. 나는 그녀가 마치 전설 속 인물처럼 느껴졌다. 인기척에 돌아보니 레이디 벨라도나가 와 있었다. 그가 내 어깨를 감쌌다. 따뜻함이 나를 슬프게 했다. 눈물

방울이 노트 위로 떨어져 '영혼'이라는 단어가 번졌다.

"일부러 보려던 건 아니었어요. 그냥 펼쳐져 있어서⋯⋯."

"괜찮아. 이단, '그림자의 서'는 한 마녀의 위업이 담긴 책이야. 마녀들은 조상이 남긴 '그림자의 서'를 통해 배우지. 이연도 그랬고 나도 그랬어. 결국 언젠가는 네 것이 될 노트란다."

"저는 마녀가 아닌데도요?"

"그건 아무래도 상관없단다."

나는 방으로 돌아와 류이에게 전화를 걸었다. 헤어진 지 하루도 안 지났는데 몇 달은 흐른 것 같았다. 뉴욕에 있을 때와는 다른 감정이었다. 류이에게 보고 싶다는 말은 하지 않았다. 그저 잘 도착했으며(네가 보고 싶고), 베닝턴에는 눈이 내리고 있고(그래서 더 보고 싶고), 레이디 벨라도나는 여전하며(그래도 보고 싶고), 엄마는 건강이 나빠졌다고(너무 보고 싶다고) 말했다.

류이는 나를 배웅하고 도서관으로 갔다고 했다. 책이 눈에 들어오지 않아 허드슨 강변을 따라 남쪽으로 걷다가, 벤치에 앉아 잠시 쉬었고 강바람이 차게 느껴져 다시 걸었다. 강둑 위로 빠르게 비상하는 새 떼를 보고 10년 전 허드슨강에 불시착했던 비행기를 떠올렸다. 그날 류이는 우연히 사고 현장을 목격했다. 비행기는 거대한 새처럼 부드럽

196

게 물 위에 내려앉았다. 주변에 정박해 있던 페리와 보트가 달려와 탑승객 전원을 구조했다. 지켜보던 사람들이 박수를 쳤다. 류이가 살면서 본 어떤 장면보다도 감동적이었다. 그는 승객이 빠져나간 뒤 서서히 가라앉는 기체를 오래도록 바라보았다.

"늦었어. 그만 자야지."

류이가 달래는 투로 말했다. 이대로 전화를 귀에 댄 채 잠들고 싶었다. 내 맘을 읽었는지 류이가 조용히 노래를 불러주었다. 앨릭 벤저민의 〈Let me down slowly〉였다. 멜로디가 아름다워서 가사가 더 애잔하게 들렸다. 제발 나를 천천히 떠나달라는.

'하지만 그런 일은 없을 거야, 류이. 내가 먼저 떠나는 일은.'

아침에 깨어났을 때, 전원이 꺼진 휴대전화가 베개와 얼굴 사이에 있었다. 들창을 열자 손가락만 한 고드름이 마당으로 우두둑 쏟아졌다. 눈에 익은 폭스바겐 한 대가 흰 눈을 뒤집어쓴 채 정차해 있었다. 얼음 파편들이 보닛 위로 나풀나풀 내려앉았다. 나는 잠옷에 코트를 걸쳐 입고 마당으로 달려갔다. 차 안에 류이가 죽은 듯이 누워 있었다. 차창을 두드려 류이를 깨웠다.

"류이, 이러다 얼어 죽겠어!"

류이는 파랗게 질려 있었다. 이웃집 아저씨가 아침 신문을 집다 말고 이 소란을 구경했다. 레이디 벨라도나가 뒤뚱거리며 쫓아 나와 외쳤다.

"빨리 안으로 데리고 들어와. 진짜 송장 치기 전에."

류이가 뜨거운 물로 목욕을 하는 동안, 나는 아침 식사를 앞에 두고 해죽해죽 웃었다. 좋아서 먹을 수가 없었다. 좋다! 너무 좋다! 류이가 왔다! 새벽에 전화를 끊자마자 네 시간을 달려서 나를 보러 온 것이다. 밤새 기력을 회복한 엄마는 나를 낯선 생명체 보듯 했다.

"아무래도 쟤는 나사가 하나 풀린 것 같아."

"맞아. 정상이 아니야. 귀신 쫓는 물약을 먹여야겠어."

두 마녀가 이런 말을 주고받을 때도 나는 실없이 웃고만 있었다. 웃음이 멈추질 않았다. 샤워를 마친 류이는 그대로 쓰러져 잠들었고 좀비처럼 저녁에 깨어났다. 나는 류이를 위해 치킨 스프를 만들었다. 메이저 아르카나 6번 '연인' 카드를 꺼내어 믿음노트에 붙이고 이렇게 기록했다. '행복은 간밤에 쌓인 눈처럼 소리 없이 온다.'

버스킹

봄학기가 시작되어 나는 다시 뉴욕으로 돌아갔다. 아동 서점 매니저는 내가 없는 동안 일을 그만두었다. 고향으로 돌아갔다는데 아주 먼 곳이라고 들었다. 한국만큼 먼 곳일까. 그건 묻지 못했다.

퇴근 무렵 류이가 서점으로 찾아왔다. 그는 '버스킹 퍼레이드' 브로슈어를 내밀었다. 인디 밴드와 가수 지망생에게 거리 무대를 마련해주는 행사였다. 축제는 사흘간 열렸고 총 서른 팀을 초대한다고 되어 있었다.

"여기 나가려고?"

"네 이름으로 신청했어. '어쿠스틱 오라클'의 실력을 보여줘."

"말도 안 돼!"

류이는 무대 경험이 없는 무명의 지원자들이 심사에 더 유리하다고 했다. 안심시키는 건지, 겁주는 말인지 모호했다. 나는 선정되어도 나가지 않을 거라고 큰소리를 쳤다. 기타를 쳐본 지 오래됐고, 노래에는 영 소질이 없으며, 연습할 시간을 내기도 힘들다고 핑계를 댔다. 그러고는 집에 돌아가 지난 행사 영상을 찾아보았다. 몇 시간째 그러고 있었다. 나는 버스킹에 나가고 싶은 걸까? 그건 아무래도 좋았다. 다만 나를 위해 지원서를 작성한 류이의 마음을 외면하기 힘들었다. 언젠가 에이단을 위해 이벤트에 응모했던 어린 이단의 마음, 믿음원칙 3항을 옮겨 적으며 맹랑하게 들떠 있던 그 마음을.

얼마 후 류이로부터 내가 선정되었다는 말을 들었을 때 그다지 놀라지 않았다. 나는 류이에게 몇 소절 듀엣으로 해달라고 청했다. 내 노래 실력은 정말이지 그저 그랬다. 그래도 버스킹을 하기로 한 이상 관객을 사로잡을 묘수 하나쯤은 있어야 했다.

"한국 노래를 부르고 싶어."

나는 류이에게 내 뜻을 전했다. 일부 마니아들의 문화였던 케이팝이 세계적으로 번져가는 추세였다. 이번 여름에 매디슨스퀘어가든에서 케이팝 합동 콘서트가 열린다는 소식도 있었다. 하지만 '케이팝' 하면 다들 아이돌이나 걸 그룹의 군무를 떠올렸고, 장르도 댄스나 힙합, 일렉트로닉이 주를 이뤘다. 어쿠스틱 음악은 케이팝 이미지와는 맞지 않았다. 그래도 나는 몇 곡은 한국 곡으로 하고 싶었고, 류이는 좋은 생각이라고 격려해주었다. 우리는 한국 가요를 백 곡쯤 듣고 나서, 볼빨간사춘기의 〈별 보러 갈래?〉와 숀의 〈Way Back Home〉을 최종적으로 골랐다. 내 음색과 노래 실력은 전혀 고려하지 않은, 순전히 류이의 취향이 반영된 선곡이었다. 두 노래는 푸실마을과 맨해튼만큼이나 멀어 보였다.

"지구와 화성만큼의 거리는 아니잖아."

류이가 천연덕스럽게 말했다.

"태양과 달만큼의 차이는 될걸."

나도 지지 않고 말했다.

"그럼 부분일식이라고 생각해."

류이는 꼭 가수를 따라 할 필요는 없다고 말했는데, 어차피 흉내 낼 수 있는 목소리가 아니었다.

우리는 주최 측이 대여해준 스튜디오에서 연습에 돌입했다. 류이와 의견을 조율하고 연주의 합을 맞추는 과정은 뜻밖의 즐거움을 주었다. 하모니가 맞았을 때는 물론이고, 의견 차이가 있을 때도 새삼스럽게 감응을 느꼈다. 늦은 밤까지 힘든 줄도 모르고 맹렬히 연습했다.

버스킹 날이 되자 나는 특별 무대에 오르는 디바처럼 씩씩하게 거리로 나섰다. 우리에게는 세 곡을 부를 수 있는 시간이 주어졌고, 앙코르 요청이 있으면 두 곡을 더 부를 수 있었다. 첫 곡은 어떻게 불렀는지 기억이 나지 않았다. 머릿속이 하얘져 있을 때 류이가 내 손을 잡았다. 마음이 진정되면서 관객들이 눈에 들어왔다. 관객들은 낯선 언어로 노래하는 아마추어 가수에게 후하게 박수를 보냈다. 여물지 않은 실력 덕분에 더 많은 갈채를 받았다. 우리는 앙코르 요청을 받아 준비한 다섯 곡을 모두 불렀다. 이 정도면 훌륭했다고, 류이와 나는 흡족하게 서로의 등을 토닥여주었다.

그날 저녁 버스킹에 참여했던 팀들이 펍에 모여 뒤풀이를 했다. 캘리포니아, 플로리다, 아일랜드, 심지어 인도에서 온 싱어송라이터도 있었다. 서울에서 온 대학생도 있었는데 그가 로운을 알았다. 로운이 나오는 티비쇼가 한국에서 꽤 유명한 모양이었다. 나는 내가 로운의 절친이라고 떠들어댔다.

공연을 무사히 해냈다는 뿌듯함에 나는 한껏 고조되어 있었다. 류이가 아니었다면 상상도 못 했을 일이었다. 잊지 못할 하루를 선물해준 류이가 고마웠다. 그와 부쩍 가까워진 느낌이 들었고, 그런 마음이 일자 숨겨둔 이야기를 꺼내 보여주고 싶었다. 나는 그에게 따스한 위로와 공감을 기대했던 것 같다. 나는 류이의 손등에 내 손을 포개며 말했다.

"내 방으로 가자. 보여주고 싶은 게 있어."

류이의 손을 이끌고 기숙사에 도착하자마자 나는 옷장 깊숙이 묻어두었던 펜더 스트라토캐스터를 꺼냈다. 조용히 잠들어 있던 기타는 눈부신 광휘를 발산하며 깨어났다. 류이는 호기심과 의구심이 뒤섞인 표정이었다. 나는 갓난아기를 건네듯 조심스럽게 기타를 류이에게 넘겨주었다. 그의 시선이 보니 레이트의 서명에 닿았다.

"보니 레이트에게 받은 거야?"

"응. 그녀가 직접 연주하던 기타야."

류이가 다음 말을 기다리며 나를 가만히 바라보았다.

"기타 케이스가 마치 관처럼 느껴진 날들이 있었어."

나는 깊이 묻어두었던 이야기를 류이 앞에 꺼내기 시작했다. 에이단과 기타와 보니 레이트와 기타 페스티벌, 그리고 무고한 사람들이 희생된 사건에 대해.

어쩌면 내가 류이에게 말하고 싶었던 것은 일련의 사건이 아니라 누구에게도 말하지 못한 마음의 고해였는지도 모른다. 나의 죄책과 엄마에 대한 의구심, 범인에 대한 적의, 그리고 불가해한 운명에 대한 내 두려움을 이해받고 싶었다. 나는 상처를 과장하거나 자기 연민에 빠진 모습을 보이고 싶지는 않았다. 다만 그가 알아주길 바랐다. 이러한 경험과 감정이 뭉쳐서 지금의 내가 되었으며, 류이를 알고 지낸 몇 달 동안 치유받고 있었다는 것을.

이상하게도 그날 류이의 표정이 잘 기억나지 않는다. 나는 스스로에 도취되어 그를 살필 생각을 못 했는지도 모른다. 이야기를 마쳤을 때 방 안에 어둠이 들어차 있었고 류이의 마음까지 잠식한 것 같았다. 나는 그가 떨고 있다고 느꼈다. 한참 후에 류이가 힘겹게 입을 열었다.

"이단, 나는……."

"류이, 괜찮아. 영영 잊을 수는 없겠지만 나에겐 류이도 있고 감정 스위치도 있으니까."

나는 주머니에서 빨간 피크를 꺼내 보여주었다.

"그게 아니야."

류이는 무슨 말인가 하려다가 입을 다물었다. 그러고는 힘없이 내 방을 걸어 나가며 말했다.

"나, 너를 알아."

그 말이 류이가 남긴 마지막 말이었다. 나는 너를 안다. 이 단순한 문장은 세상의 모든 의미를 담고 내내 나를 괴롭혔다.

처음에는 이렇게 생각했다. 위로에 서툰 사람들이 있다.

류이는 당황한 것이다. 끔찍한 사고로 아빠를 잃은 나를 어떤 말로 달래줘야 할지 몰랐을 뿐이다. 그래서 잠시 자리를 피했지만 이내 실수를 깨닫고 나에게 돌아올 것이다. 그러면 나는 그를 꼭 안고 아무 말도 필요 없다고 말할 것이다.

그러나 그런 날은 오지 않았다. 하루가 가고 며칠이 지나고 한 달이 되도록 류이에게선 어떤 소식도 오지 않았다. 그게 다였다.

처음에는 무턱대고 그의 연락을 기다렸다. 그러다 집요할 정도로 그에게 집착하기 시작했다. 그다음엔 화가 났다. 독설로 가득 찬 문자들을 마구 썼다가 지우기를 반복했다. 마침내 나는 슬퍼졌다.

하루 종일 멍하게 전화기만 들여다보는 날들이 이어졌다. 어디부터 잘못된 건지, 그날 일을 수없이 되짚다가 뜬 눈으로 아침을 맞기도 했다. 카페에서 앨릭 벤저민의 〈Let me down slowly〉가 흘러나온 날에는 친구 앞에서 울음을 터뜨리고 말았다. 나를 천천히 떠나줘. 이 노래를 불러준 건 류이였다. 그런 그가 어떤 징후도 없이 한순간에 나를 버릴 수 있다는 사실이 도무지 믿기지 않았다.

'류이가 죽었구나. 아빠처럼 죽어버린 거야.'

하루는 이런 생각에 사로잡혀 정신없이 학교로 달려갔다. 류이 어머니의 연구실 문을 노크도 하지 않고 벌컥 열었다. 그녀의 놀란 눈은 이내 안타까움으로 물들었다. 묻지 않아도 알 수 있었다. 그건 충격도 슬픔도 아닌, 그저 연민의 눈빛이었다. 나는 사과도 하지 못하고 뒤돌아서 나갔다. 그녀가 나를 불렀지만 그대로 도망쳤다. 완벽하고 아름다웠던 그림 밖으로, 그렇게 튕겨져 나갔다.

손가락이 아프도록 빨간 피크를 눌러봤지만 전혀 기분이 나아지지 않았다. 거짓말쟁이. 류이는 거짓말쟁이였다. 나는 앓아누웠다. 페샤에게 비너스의 술을 만들어달라고 하자! 이런 생각이 치밀어 한밤중에 벌떡 일어나 앉기도 했다.

어느 밤 레이디 벨라도나에게 전화를 걸었다. 아무 말도 안 했는데 다음 날 벨라도나가 뉴욕에 왔다. 그는 아무것도 묻지 않고 닭고기 카레를 만들어주었다.

"카레는 노란색이라 기분이 좋아."

뭉근하게 끓여진 카레를 두 그릇째 먹으며 내가 말했다.

"아가, 천천히 먹어."

"배가 고파. 더 먹을래."

다음 날 약간의 기력을 회복한 나는 버스를 타고 매디슨 스퀘어가든으로 갔다. 그곳을 기점으로 맨해튼 거리를 천천히 산책했다. 류이와 처음으로 함께 갔던, 적적한 카페에 들어가 진저밀크티를 마시고, 다시 공원 쪽으로 걸었다. 공원을 지나고 상점과 술집을 지나고 여기 어딘가에서 류이와 햄버거를 먹었는데⋯⋯. 내 스니커즈는 밑창이 닳아 예전처럼 푹신하지 않았다. 뉴욕에 도착했던 그날처럼 이따금씩 온기를 품은 바람이 불었다.

집에 돌아오기 전에 학교에 들러 서울에 있는 대학교로 교환학생 신청을 했다. 원래 2학년을 마치고 신청할 계획이었지만, 지금이 적기라는 생각이 들었다. 선발이 되면 다음 학기부터 1년 동안 서울에서 지내게 될 터였다. 한국에 돌아갈 생각을 하자 얼마간 마음이 가라앉았다.

여름방학 첫날, 커다란 배낭에 모든 짐을 욱여넣고 베닝턴으로 떠날 채비를 했다. 그레이하운드 터미널로 가는 길에 매디슨스퀘어가든 앞을 지났다. 발끝만 보고 걷다가 일부러 건너편 우체국 건물로 시선을 던졌다. 층계참에 드문드문 앉아 있는 사람들이 보였다.

거기, 류이가 있었다.

계단에 앉아 매디슨스퀘어가든 쪽을 우두커니 지켜보고 있었다. 정지 버튼을 눌러놓은 영화의 한 장면처럼 그는 꼼짝도 하지 않았다. 그 생각에 이르자 문득 떠오르는 기억이 있었다. 나는 그를 본 적이 있다. 어째서 그동안 잊고 있었을까. 의중을 헤아리기 힘든 진갈색 눈동자와 엘리베이터 앞에서 "빈 승강기입니다"라고 말하던 목소리.

나는 류이를 부르고 싶었지만 주저했다. 내가 망설이는 사이 류이가 천천히 일어나 계단을 내려갔다. 눈으로 그를 좇았지만 발걸음은 떨어지지 않았다. 그렇게 보고만 있었다. 류이의 뒷모습이 건물을 돌아 사라졌다. 배낭과 기타를 짊어진 내 어깨가 축축해졌다. 마치 컵 슈트 다섯 번째 카드의 인물처럼 나는 쏟아져버린 물잔을 내려보고 있었다. 내가 뽑은 카드가 명백했다.

귀향

푸실마을 입구에서 나는 잠시 머뭇거렸다. 마을 이정표와 은길 씨 집을 무심히 지나치고 싶지 않았다. 그러나 슬레이트 지붕과 옥상의 장독대, 마당의 평상도 이제는 보이지 않았다. 외관은 하얀 페인트로 단장되었고, 잔디가 깔린 마당에는 평상 대신 파라솔과 티테이블이 있었다. 골조만 남기고 완전히 뜯어고친 모습이었다. 로운이 아직 여기 살고 있을까. 은길 씨는? 집 앞을 기웃대는데 누군가 말을 걸었다.

"어떻게 오셨어요?"

돌아보니 교복을 입은 여학생이 항공사 태그가 붙은 내 가방을 내려다보고 있었다. 나와 로운이 다니던 중학교의 교복이었다. 1학년쯤 됐을까. 교복을 입었지만 어린애처럼 보였다.

"게스트 하우스 구하세요?"

학생이 재차 물었고 나는 아니라고 대답했다. 그제야 대문에 작게 붙은 '푸실민박'이라는 간판이 보였다. 여학생은 손에 들고 있던 아이스크림을 요령 있게 핥아 먹었다. 푸실마을에 게스트 하우스가 생기다니. 그러고 보니 동네 분위기가 어딘지 달라 보였다. 몇몇 구옥들이 카페나 레스토랑으로 개조되어 영업 중이었다. 나는 혹시 이 집에 원래 살던 사람들을 아느냐고 물었다. 여학생은 고개를 가로젓고 아이스크림 먹는 데 열중했다. 나는 뒤돌아서 굽은 길을 따라 올라갔다. 학생이 "그쪽으로 가면 아무것도 없어요"라고 소리쳤다. 나는 괜찮다는 의미로 손을 한 번 흔들어주었다.

느린 걸음으로 10분쯤 올라 '이연타로'에 도착했다. 나무 팻말에 삐뚤빼뚤한 글씨가 여전했다. 그사이 네 살을 더 먹은 동백나무도 여태껏 마당을 지키고 서 있었다. 정원을 가로질러 현관 앞에서 초인종을 눌렀다. 내가 나고 자란 집 안쪽에서 누군가 응답했다.

"누구세요?"

"오늘부터 여기서 지내기로 한 이단이라고 합니다."

안에서 자물쇠 돌아가는 소리가 났고 문이 열렸다. 키 큰 남자가 문가에 서서 환하게 웃었다.

"로운?"

나는 넷플릭스에서 로운을 봤을 때만큼 놀랐다. 청년이 된 로운은 양팔로 나를 포옹했다. "미국에서는 다들 이런다며?" 하고 너스레를 떨었다.

"어떻게 된 거야? 왜 우리 집에 있는 거야?"

"이제 우리 집이야."

로운이 천연덕스럽게 말했다. 엄마가 은길 씨에게 '이연타로'를 넘겼다는 사실을 나만 모르고 있었다. 은길 씨의 집은 좋은 값에 팔려 민박집이 되었다. 엄마는 미국에서의 생활비를 집값으로 충당한 모양이었다. 레이디 벨라도나가 '이연타로'에 하숙을 구해놨다고 말했을 때 좀 의아하긴 했었다. 나는 은길 씨가 해주는 밥을 먹게 되었다는 사실에 뛸 듯이 기뻐졌다.

"은길 씨는?"

"너 밥 해준다고 장보러 가셨어."

실내는 예전과 달라진 게 없었다. 엄마가 타로 점을 치던 원목 테이블까지 그대로였다.

"어쩜 이렇게 그대로야? 생가 보존 수준이군."

"귀찮아서 그대로 놓고 쓰는 거야."

나는 로운에게 제법 모델 티가 난다고 추켜세웠고, 로운은 내 앞에서 온갖 포즈를 잡아 보이며 허세를 부렸다. 너는 이제 모델이랑 동거하는 거라고 뚱딴지같은 소리를 해서 나를 실소하게 했다. 4년 만에 만났는데도 엊그제 헤어진 것처럼 어색하지 않았다. 로운과 어깨동무하고 영어수업에 가야 할 것 같은 기분마저 들었다.

"내가 집주인이니까 큰방 쓴다. 넌 2층 예전 네 방 써. 이 집 오래되서 냉난방비 많이 나오니까 전기랑 보일러 아껴 쓰고, 통금 시간은 밤 10시야."

"여기가 기숙사냐?"

로운은 내 알 바 아니라는 표정이었다.

나는 2층에 짐을 풀고 샤워를 하자마자 혼곤한 잠에 빠져들었다. 깊은 잠이었는데도 꿈을 꿨다. 처음엔 희미한 느낌만 있었다. 불길하고 슬프고 안타까웠다. 엄마가 나타나 에이단이 '내일' 죽을 거라고 말했다. 어떻게든 막아야 하는데 몸이 움직이지 않았다. 에이단은 온몸에 흰 붕대를 감고 나무에 거꾸로 매달려 있었다. 죽음의 기운이 선연했다. 온몸에 쥐가 나서 얼핏 깼다가 다시 잠들었다. 이번에는 류이가 나왔다. 표정 없이 한곳을 응시하고 있었다. 부르고 싶었지만 목소리가 나오지 않았다. 류이, 류이. 속으로 외쳤다. 그는 내 무성의 외침을 듣지 못하고 돌아서 사라져버렸다. 류이 멈춰······.

"단아, 단아."

로운이 나를 깨웠다. 꿈결에서 곧장 빠져나오기가 힘겨웠다.

"지금 몇 시야?"

"저녁 8시야. 너 한참 잤어."

로운이 내 등을 당겨서 일으켜주었다.

"저녁 먹자."

부엌에서 은길 씨가 저녁을 짓고 있었다. 잡곡밥과 시래기 된장국, 소고기 볶음과 싱싱한 쌈 채소, 계란말이와 마늘장아찌가 하얀 사기그릇에 담겨 있었다.

"은길 씨!"

나는 예전에 로운이 '할무니이!' 하며 그랬듯이 은길 씨 품으로 뛰어들었다.

"너 아가씨가 다 됐구나."

나는 4년간 굶은 사람처럼 허겁지겁 먹었다. 은길 씨의 밥상은 육신과 영혼을 동시에 살찌우는 마법을 부렸다. 밥을 먹으면서 서로의 삶에서 비껴 있던 날들에 대해 이야기했다. 로운은 프랑스계 한국인이라는 흔하지 않은 캐릭터로 방송에서 주목받았다고 했다.

"나도 한국에서 나고 자란 사람인데, 내가 한국말을 하고, 된장을 먹는 게 재미있대. 이상하지?"

로운은 정말 이상하다는 표정을 지었다. 어쨌든 방송에
서 이슈가 된 덕분에 몇몇 모델 에이전시로부터 러브콜을
받고 있다고 했다. 나는 한국 사람이 되겠다며 까만 서클렌
즈를 끼고 다니던 로운이 떠올라 웃었다. 은길 씨도 같은
마음이었는지 이렇게 말했다.

"이제 한국 사람 되겠다고 생떼는 안 쓰겠지."

"할머니, 제가 언제요?"

"여섯 살 때 단이 엄마한테 천 원 들고 가서 한국 사람으
로 만들어달라고 한 거 기억 안 나?"

처음 듣는 소리였다. 로운은 시치미를 뗐다. 나는 뒷이
야기가 궁금했다. 로운이 마지못해 털어놓았다.

"너희 엄마가 나를 한참 동안 뚫어지게 바라보는데 등골
이 오싹했지."

엄마는 로운에게 다시는 네 모습으로 못 돌아온다고 엄
포를 놓았다. 잔뜩 겁먹은 로운을 부엌으로 데려가면서 엄
마는 혼잣말로 중얼거렸다. 이제 로운은 누구랑 사나. 은
길 씨가 못 알아볼 텐데.

"단이 엄마가 펄펄 끓는 가마솥에 들어갔다 나오면 된다
고."

은길 씨가 이렇게 말하며 박장대소했다.

"할머니, 이제 그만하세요."

로운이 볼멘소리를 했다. 엄마는 그날 로운에게 반달 모양 마녀 거울을 선물로 주었다. 보는 각도에 따라 얼굴의 형상이 달라지는 신기한 거울이었다. 로운은 그 거울을 볼 때마다 천의 모습으로 자신을 만났다. 그 모든 모습을 사랑하기까지는 많은 시간이 필요했다.

"그런데도 중학교 때 염색에 태닝까지 하고 다닌 걸 보면 완전히 마음을 접은 건 아니었네."

"가마솥보다 쉬운 길이 있다는 걸 배운 거지."

로운은 자신의 흑역사를 들춰낸 은길 씨에게 앙갚음하려고 준배 씨 카드를 꺼냈다.

"할머니는 준배 씨랑 썸 타는 중이야. 요즘 칠십대 사이에선 그런 게 유행이라나."

"사귀는 건 유치하잖아."

은길 씨가 해맑게 웃으며 말했다. 로운은 내게 남자친구가 있느냐고 물었다. 이상하게도 바로 대답이 나오지 않았다. '없다'고 말하는 순간 류이와의 이별이 확고한 진실로 굳어질 것 같았다. 몇 달이 지났는데도 나는 류이와의 이별을 실감하지 못하고 있었다. 우리는 언제가 다시 만날 운명이라고, 사소한 우연이라도 한 번쯤은 스쳐 가리라고 믿고 있었다. 그때는 류이가 용서를 빌어도 쉽게 받아주지 말아야지, 그가 후회하도록 오래오래 벌을 줘야지, 하는 헛된 망상에 사로잡혀 있었다. 나는 곧장 일랑의 이야기로 화제를 돌렸다.

"일랑을 직접 본 소감이 어때? 네가 코찔찔이 '일랑이랑' 회원이었다는 것도 말했어?"

"무슨 말씀을. 일랑은 전혀 몰라. 이래 봬도 나 시크한 캐릭터야."

수다는 깊은 밤까지 이어졌다. 나는 두 사람에게 엄마와 레이디 벨라도나의 안부도 소상히 전했다. 문득 펜타클 문양 창밖에서 어떤 기척이 들렸다. 동백나무가 가지를 흔드는 소리였다. 우리는 잠시 각자의 생각에 빠져들었고, 나는 그 침묵의 여백이 좋았다. 뉴욕을 떠나올 때, 상실감을 상징하는 다섯 개의 컵 카드를 들고 왔지만 로운이 컵 하나를 더 채워주었다. 여섯 번째 컵 카드에는 오래된 정원에 두 명의 어린아이가 마주 보며 서 있다. 여섯 개의 컵은 꽃으로 가득 차 있었다.

방문객

사람이 온다는 건/실은 어마어마한 일이다./그는/그의 과거와/현재와/그리고/그의 미래와 함께 오기 때문이다./ 한 사람의 일생이 오기 때문이다.*

심리학 수업 첫 시간에 교수가 시 한 편을 읽어주었다. 아이스 브레이킹의 일환이었다. 심리학 박사인 그녀는 '행복별자리센터'라는 상담소를 운영하고 있었고, 나는 이후에 그녀를 자주 찾게 되었다. 학기 내내 그녀는 나의 멘토였다. 이즈음 한국 대학으로의 편입을 진지하게 고민했다.

* 정현종 시, 「방문객」(『광휘의 속삭임』, 문학과지성사, 2008) 중.

학업 열의가 자발적으로 차오른 건 처음이었다. 그러나 학구열이 밥을 먹여주지는 않아서 학교 앞 레스토랑에서 시간당 8350원을 받고 일했다. 얼마 후 푸실민박 중학생에게 영어를 가르치기 시작했다. 아이는 그 시절의 나와 로운처럼 아이스크림을 좋아했다. 과외가 끝나면 함께 아이스크림을 먹었다. 내 믿음노트에는 너덜너덜해질 정도로 많은 글이 적혀갔다.

한 학기를 마치고 겨울방학을 맞았지만 나는 미국으로 돌아가지 않았다. 비행기값이 부담스러웠고 우선은 마음이 동하지 않았다. 방학 첫날, 알바를 마치고 집으로 돌아가는데 눈이 내렸다. 차고 가벼운 눈송이가 입술에 툭 떨어지더니 제법 흩날리기 시작했다. 겨울이구나, 무심히 생각했다. 집에 다다랐을 때는 눈발이 굵어져 있었다.

나는 어둠과 추위가 기다리는 집에 불청객처럼 도착했다. 은길 씨는 준배 씨와 강원도로 눈꽃을 보러 갔고, 모델에이전시에 다니는 로운은 늦은 밤에 귀가했다. 나는 보일러를 최대로 올려놓고 '뉴 호프 클럽'의 노래를 들었다. 예전에 엄마가 앉던 리더의 자리에 앉아 펜타클 문양 너머로 눈 구경을 했다. 눈은 고양이 걸음처럼 기척도 없이 쌓여갔다. 은길 씨가 끓여놓은 호박죽으로 간단히 요기를 하고, 와인 한 병을 땄다. 한국에서는 합법적으로 술을 마실 수 있는 나이였으므로 내 권리를 조금 누려보기로 했다. 와인을 한 모금 넘기자 류이와 함께했던 지난 핼러윈이 떠올랐다. 그 시간이 아련한 꿈결 같았다. 아침에 마당에 쌓인 눈을 쓸어야겠다고 생각하다가 잠들어버렸다.

다음 날 아침 나는 두꺼운 담요 아래서 눈을 떴다. 로운이 애착 이불처럼 끼고 살던 거였다. 로운은 제 방에서 기척이 없었다. 늘 밀린 잠을 보충하기 바빴다. 나는 지난밤 결심대로 긴 싸리비를 들고 마당으로 나갔다. 세상은 하얀 강보에 싸인 채 잠들어 있었다. 현관에 쌓인 눈은 아직 보송보송했다. 동백나무에 서린 눈꽃을 입으로 후, 불어보았다. 투명한 결정들이 입김을 따라 부옇게 흩어졌다.

출입문 앞 계단을 쓸고, 작은 정원을 쓸고, 대문 쪽으로 비질을 해갈 때, 누군가 울타리를 밀고 들어섰다. 눈 위에 첫 발자국이 찍혔다. 나는 시선을 옮겨 방문객을 바라보았다. 류이가 서 있었다. 일순간 찬 바람이 불었고, 눈송이가 날아와 시야를 흐렸다.

"류이."

"이단."

언젠가 벨라도나와 엄마가 그랬던 것처럼 우리는 서로의 이름을 불렀다. 나는 눈사람처럼 얼어붙었다. 눈이 세상의 모든 소리를 삼켰다. 헤링본 코트에 머플러를 두른 류이는 조금 지쳐 보였다. 길게 자란 고수머리가 헝클어져 있었다. 손을 뻗어 그의 머리카락을 만지게 될까 봐 나는 싸리비를 꼭 쥐었다.

"여길 어떻게 온 거야?"

류이가 대답 대신 내 쪽으로 한 걸음 다가섰고, 나도 모르게 뒷걸음질 쳤다. 류이의 얼굴이 굳었다.

"잠시 얘기할 수 있을까?"

쉽게 대답이 나오지 않았다. 그동안 준비한 어떤 답도 무용했다. 정적을 깨고 현관문이 열렸다.

"단아, 누구야?"

로운이 고개를 내밀고 물었다. 잠이 덜 깨 부스스한 얼굴과 까치집을 지은 머리, 구깃구깃한 곰돌이 푸 파자마. 명색이 모델이라는 녀석이. '네가 왜 거기서 나와?' 이 말이 나오려는 것을 꾹 참았다. 류이가 로운을 알아봤다.

"함께 지내는 거야?"

내 착각일까. 낙담한 목소리로 들렸다. 누구와 지내든 네가 상관할 바 아니라고 당차게 말해야 하는데, 전혀 다른 말이 나와버렸다.

"일단 들어가자."

나는 류이를 데리고 집으로 들어갔다. 두 사람을 서로에게 '류이'와 '로운' 이름만으로 소개하고 류이에게 시커의 의자를 내주었다. 거실에서 눈치 없이 버티고 있던 로운을 떠밀어 방으로 보냈다. 전기주전자에 물을 붓고 전원 스위치를 올렸다. 잠시 후 요란하게 끓는 소리가 정적을 깨뜨렸다. 국화차를 만들어 류이 앞에 놓았다. 류이는 커피보다 차를 좋아했었다. 나는 왜 이런 것을 기억하고 있을까. 류이에게 상처받은 과거의 내가 무른 감처럼 허물어지는 지금의 이단을 비난했다.

"어쩌자고 여기까지 온 거야?"

이번에는 나조차도 놀랄 만큼 날 선 말투였다. 뱉은 말을 주워 담을 수 없어 다행이었다. 내 안에 숨어 있던 복수심이 슬며시 기지개를 폈다. 류이의 표정에서 희미한 고통이 느껴졌다.

"여름 내내 너에게 연락했었어."

류이가 뜨거운 찻잔을 두 손으로 감싸며 말했다. 여름이라면 베닝턴에서 잠시 머물다가 한국으로 떠나온 시기였다. 미국을 떠날 때, 나는 사용하던 휴대전화를 베닝턴에 두고 왔다. 헛된 기대에서 벗어나고 싶었기 때문이다.

"매일 전화하고, 메시지를 보내고, 대답 없는 네 마음을 헤아려보고, 또 전화를 걸었어. 그러다 어느 날 누군가 전화를 받았어."

나는 벨라도나일 거라고 생각했는데, 엄마였다고 했다.

엄마가 여기 주소를 알려줬다는 건 의외였다. 류이는 내게 편지를 썼지만 부치지는 못했다. 단어와 행간에 숨어 있을지 모를 오해의 소지가 두려웠다. 얽히고설킨 심경을 글로 표현하는 일이 불가능하다고 느낀 류이는 결국 편지 대신 직접 오는 쪽을 택했다.

"네 눈을 보면서 이야기하고 싶었어. 나를 만나러 와줘."

류이가 '푸실민박'이라고 적힌 명함을 탁자 위에 내려놓았다. 누가 그런 곳에 묵나 생각했었는데, 류이가 머물고 있었다.

"이단, 보고 싶었어."

그렇게 듣고 싶었던 말인데, 수천 번 그려왔던 그 순간이 오자 이상하게 두려워졌다. 어쩌면 나는 류이를 사랑했던 기억이 아니라 원망하는 마음으로 버텨온 게 아닐까. 원망이 사라지고 나면 어디에 기대서 견뎌야 할지.

류이가 돌아간 후, 나는 한참을 식탁 앞에 있었다. 로운이 방문을 열고 나올 때까지 못처럼 그 자리에 박혀 있었다. 로운은 여전히 곰돌이 푸 파자마를 입은 채 거실에 널린 것들을 주섬주섬 치웠다. 나는 주머니에 있던 붉은색 피크를 살며시 눌러보았다. 마음의 기류가 슬쩍 방향을 틀었다. 류이가 사라진 후 고장 났던 스위치가 예열되고 있었다.

그 후 며칠 동안 류이에게 상처 주고 싶은 마음과 곧장 달려가고 싶은 마음이 갈팡질팡하며 나를 괴롭혔다. 며칠 후 푸실마을 입구에서 민박집 여학생과 마주쳤다.

"너희 집에 미국에서 온 남자 손님 있지?"

"왜요?"

"내 친구야. 그 사람 요즘 뭐 하고 지내?"

"그 손님 로운 오빠 팬인가 봐요. 나한테 로운이 누구누구랑 사냐고 막 캐묻고요. 여자친구는 있냐, 혹시 남자 좋아하냐, 인간성이 어떠냐, 별걸 다 묻더라고요. 선생님, 아이스크림 먹을래요?"

아이는 이 말을 누군가에게 꼭 하고 싶었다는 투로 빠르게 재잘댔다. 나는 아이에게 유기농 콘을 사주었다. 소프트아이스크림 한 통을 포장해 '손님'과 나눠 먹으라고 보냈다. 푸실민박 앞에서 아이가 깜빡 잊었다는 듯, "그 손님 이번 주말까지만 있는데요"라고 했다.

나는 류이의 눈을 떠올렸다. 맑고 깊어서 많은 것을 담은 눈, 의중을 헤아리기 어려운 그 눈빛에 대해 우리가 나눠야 할 말이 있었다. '나는 너를 안다'는 류이의 마지막 말에 대해서도.

고백

　푸실민박에 묵고 있는 게스트는 류이 한 명뿐이었다. 그는 동향으로 난 작은 방을 사용하고 있었다. 방문을 두드리자 류이가 문을 열어주었다. 그는 나를 보고도 웃지 않았다. 그 모습은 나를 두고 휘적휘적 걸어가버린 류이의 첫 인상을 떠오르게 했다.

　방 안은 침대와 붙박이장, 테이블과 의자가 효율적으로 배치되어 있었다. 기다란 통창으로 생태공원이 내려다보였다. 덕분에 작은 방인데도 탁 트인 느낌이었다. 어쩌자고 류이는 여기에 묵고 있는 걸까. 나는 무슨 이유로 그에게 벌을 주려는 것일까. 그러나 한때 사랑했던 사람으로서 이 정도의 권리는 내게 있다고 믿고 싶었다. 일방적으로 떠나버린 것은 내가 아니었으니까.

둥근 테이블을 사이에 두고 나는 류이와 마주 앉았다. 가벼운 대화로 말문을 열었다. 류이는 푸실민박이 조용하고 편안한 숙소라고 했다. 다만 사장님의 과도한 호의가 때때로 부담스러울 때도 있다고 했다. 나는 이 집 딸에게 영어를 가르쳐주고 있다고 말했다. 류이는 서울의 고궁을 구경했고, 재래시장에서 처음 보는 해산물을 먹었으며, 극장에서 자막 없이 한국 영화를 봤다고 했다. 그리고 서울의 겨울이 뉴욕보다 춥다고 했다.

나는 류이의 얼굴에 드러나는 미묘한 변화, 이를테면 미간이 구겨지거나 눈썹 주위가 미세하게 떨리는 것을 유심히 관찰했다. 무슨 단서라도 찾는 탐정처럼. 그러나 류이가 '그날' 일에 대해 말하기 시작했을 때, 나의 모든 노력은 허사로 돌아갔다. 나는 류이의 얼굴에 떠오른 어떤 표정도 기억할 수 없게 되었다.

"그날 매디슨스퀘어가든 앞에서 일어난 사건은 무작위 살인이 아니었어. 경찰은 정신병력이 있는 범인이 불특정 시민에게 총알을 난사했다고 발표했지만 그건 사실이 아니야. 범인은 명확한 의도를 가지고 '타깃'을 정했어. 유색인종, 그중에서도 동양인. 그는 총을 쏘기 전에 자신의 의

225

도를 외쳤고, 총알을 난사한 것이 아니라 조준 사격했어.

삼십대 흑인 남성이었던 범인은 인종차별과 폭력을 겪으며 자랐어. 당시 미국 정부는 총기 사건은 물론이고 인종차별과 혐오범죄에 극도로 민감하게 대응하고 있었어. 그런 사건들이 정치권에 부담을 주는 상황이었지. 정부, 경찰, 언론까지 나서서 이 사건을 '사회 부적응자에 의한 단순 총기 사건'으로 덮으려 했어. 희생자 중에 백인 남성이 있었다는 사실은 동양인 혐오범죄를 덮는 좋은 빌미가 되었지. 그들은 각자의 이익을 위해 치밀하게 야합했어.

이단, 너는 궁금하겠지. 동양인만을 노린 공격이었다면 왜 에이단이 희생되었는지. 그리고 내가 이 사건을 이렇게 소상히 아는 이유를.

에이단을 제외하면 그날 총격을 입은 사람은 모두 아시아인이었어. 범인은 총격을 가하기 전 인종차별적인 욕설을 내뱉었고 그 자리에 있던 모두가 들었어. 순식간에 두 발의 총격이 두 사람을 쓰러뜨렸어. 그리고 남은 동양인이 한 명 더 있었어. 에이단은 지체 없이 몸을 돌려 그 사람을 감쌌어. 두 발의 총알이 에이단의 목과 등을 관통했고, 그 충격은 고스란히 그에게도 전해졌어. 이단, 그 사람이 바로 나야.

나 역시 에이단과 함께 병원으로 실려 갔어. 치명적인

외상은 없었지만 사고의 충격으로 병상에서 일주일을 보냈어. 나는 중환자실 유리문 너머로 에이단을 보러 갔어. 에이단이 깨어나면 묻고 싶었어. 처음 본 사람을 위해 자신을 희생하는 용기는 어디에서 나오는지, 어떻게 그럴 수가 있는지. 고맙다는 말을 전해야 마땅한 사람에게 나는 그 질문의 답을 구하고 있었어. 충격이 내 몸은 피해 갔지만 내 정신에는 깊게 박혀버렸고, 나는 수년에 걸쳐 트라우마 치료를 받았어. 나를 치료해준 박사님 덕분에 의학대학원에 진학했고 그분은 지금 내 지도교수야.

당시 그 사건에 의문을 품고 추적하던 기자가 있었는데, 그 역시 오래전 총기 사건의 희생자였어. 한쪽 다리에 장애를 입은 그는 이런 말을 했어. 불구가 된 몸 때문에 괴로운 기억에 시달릴 줄 알았는데, 걷는 법을 다시 배우고 익히느라 다른 생각을 할 겨를이 없었다고.

나는 가끔 내게 외상이 남았다면 어땠을까 상상해봐. 이보다 더 괴로울까. 아니면 그의 말처럼 온전히 내 상처와 재활에만 매달리게 되었을까. 그는 사건의 진상을 알리려고 노력한 유일한 사람이었어. 병원으로 나를 찾아와 진술을 들었지만 우리의 힘만으로는 역부족이었어. 증언해줄 사람들은, 심지어 범인마저도 모두 죽어버렸으니까. 증언해줄 목격자가 없다는 경찰의 말을 듣고, 외력에 의해 입

막음을 당한 게 아닌가 의심했지만 증명할 방법이 없었어. 그 기자마저 작년에 지병으로 세상을 떠났고, 이제 이 사건의 진실을 아는 사람은 나뿐이야.

이단, 너를 만나지 않았다면 이 일에 대해 평생 발설하지 않았을지도 몰라. 나는 누군가의 목숨을 희생시키고 살아남았다는 죄책감에 시달리며 살아왔어. 살았다는 안도감이 들 때면 이 감정이 온당한 것인지 괴롭고 무서웠어. 매디슨스퀘어가든에 갈 용기를 내기까지 오랜 시간이 걸렸어. 박사님은 그 장소에 새로운 기억을 덧씌우라고 하셨어. 토요일마다 나는 무작정 그곳으로 갔어. 처음에는 멍하게 서 있기만 하다가 차츰 에이단을 생각하게 됐고, 마침내 진심 어린 감사를 전할 용기가 생겼어. 주말에 그곳에 가는 건 내 나름의 애도 방식이었어.

그러다 거기서 너를 보았어. 마치 마법처럼 너에게 이끌렸고 나는 조금씩 달라졌어. 살아 있다는 감각에 전율했고, 행복해질 수 있다는 기대를 품게 됐어. 하지만 네가 기타를 보여주며 상처를 털어놓던 그 밤, 나는 비겁하게 도망치고 말았어. 너를 잃게 되리란 생각에 제정신이 아니었어. 그 암흑 같던 과거로 돌아가고 싶지 않았어.

병원에서 봤던 아이가 너였다는 걸 그때 깨달았어. 엘리베이터 앞에서 절박한 눈으로 나를 올려다보던 아이, 그때 나는 너를 온전히 이해할 수 있었어. 하지만 내가 너를 안다고 한 것은, 그 잠깐의 조우만을 의미한 건 아니야.

기타 페스티벌에 갔던 날, 나는 에이단과 여러 번 마주쳤어. 우리는 관심사가 비슷해서 자연스럽게 대화를 나누게 됐고, 함께 점심도 먹었어. 우리에게는 기타 말고도 공통점이 있었어. 나에게는 한국인 아버지가 있었고, 에이단은 한국인 딸이 있었지. 에이단은 너와 찍은 사진들을 보여주며 인생의 가장 큰 행운이 너라고 했어. 병원에서 에이단이 사라졌다는 소식을 듣고 수소문했지만 찾을 수가 없었어. 나는 에이단에게는 물론, 그의 가족에게도 감사 인사를 전할 기회를 놓치고 만 거야.

네가 에이단의 딸이라는 걸 알게 된 날, 나는 집으로 돌아와 고민하고 또 고민했어. 너에게 용서받을 수 있을까. 나는 네가 느꼈다는 죄의식에 대해 생각했어. 그 고통을 너무 잘 알고 있었고, 그래서 더욱 두려웠어. 나는 에이단에게 목숨만 빚진 게 아니었어. 아빠를 잃고 힘들었을 너를 생각하면 너무나 괴로워서, 결국 다시 박사님을 찾아가 상담 치료를 받기 시작했어.

너에게 전모를 밝혔을 때 네가 느낄 충격을 생각하면 차라리 함구하는 편이 낫지 않을까 싶기도 했어. 나만 떠나버리면 그만이니까. 하지만 그건 내가 사랑했던 너와, 생명

의 은인인 에이단에 대한 예의가 아니라고 생각했어. 설령
너를 잃게 되더라도……."

류이가 거기서 말을 그쳤다. 그의 등 뒤로 짧은 겨울 해
가 이울고 있었다. 통창의 시원한 느낌은 간데없고, 방의
규모에 비해 창이 너무 넓어 보였다. 나는 말없이 일어나
서 방을 나왔다. 창으로 쏟아지는 어둠이 내 등을 떠밀었
다. 방문을 닫기 전 뒤를 돌아보니 류이가 아까와 같은 자
세로 앉아 있었다.

위로

며칠을 방 안에 틀어박혀 있었다. 알바도 나가지 않고 과외도 미뤘다. 토요일 아침 로운이 방문을 두드렸다. 나는 동면에서 깨어난 곰처럼 더디게 일어났다. 로운은 짧은 패딩 점퍼에 검정 니트 모자를 귀까지 덮어쓰고 있었다.

"너 파리지앵 같다."

나는 파리에 가본 적도 없으면서 이렇게 말했다.

"칭찬이야?"

"글쎄."

어떤 운명의 엉킴만 아니었다면 로운은 진짜 파리지앵으로 살았을지도 모른다. 푸실마을 이로운이 아니라 파리지앵 파비앙 혹은 앙투안이거나 프랑수아로. 나와는 다른 언어를 쓰고, 다른 음식을 먹고, 다른 꿈을 꾸며 살았을 것이다. 이런 생각을 하면 로운이 애틋하게 느껴졌다. 우리 인연은 얼마나 많은 우연의 합으로 이루어진 것일까. 그렇다면 그것을 우연이라고 할 수 있을까.

로운은 눈썰매를 타러 가자고 했다. 푸실마을 뒷산은 서쪽으로 야트막한 경사가 있어 겨울에 썰매 타기에 좋았다. 나는 점퍼를 걸치고 장갑과 모자를 챙겼다. 기꺼운 마음은 아니었지만 집에 박혀 있는 것도 한계가 있었다. 우리는 보트 모양의 플라스틱 썰매를 챙겨 오르막을 올랐다. 겨우 몇 걸음 걸었는데 숨이 턱턱 막혔다. 운동한 게 언제였는지 기억도 안 났다. 로운과 나는 보폭이 맞지 않았다. 내키는 겨우 160을 넘겼고 로운은 나보다 30센티는 더 컸다. 예전에 우리가 어깨동무하고 다닌 걸 생각하니 웃겼다.

"옛날에 내가 너보다 더 큰 적도 있었는데."

"무슨 지난 세기 얘기를 하고 그래."

"유치원 때 너 나한테 얻어맞고 울었다."

"설마."

"진짜. 네가 우리 엄마 마녀라고 놀려서."

"놀린 게 아니라 놀란 거."

잔디 광장에는 이 동네 아이들이 전부 모여 있었다. 튜브, 폐타이어, 비닐 포대, 나무 썰매까지 깔고 앉을 수 있는 건 죄다 들고 나왔다. 우리는 경사지의 꼭대기에서 각자의 썰매에 엉덩이를 대고 앉았다. 로운에게는 썰매가 너무 작아서 긴 팔다리를 접어 간신히 운신하고 있었다. 나는 '프로 썰매러'처럼 보이는 꼬마들 사이로 조심조심 엉덩이를 틀었다. 주춤하던 썰매는 어느 기점에 이르자 황새치처럼 잽싸게 미끄러졌다. 이얏! 탄성이 터졌다. 탄성이 터지자 저절로 웃음이 났고, 웃고 나니 눈물이 고였다. 내 썰매가 중간 지점을 지날 때, 경차를 추월하는 스포츠카처럼 로운이 순식간에 나를 앞질렀다. 내가 몸무게와 가속도의 상관관계를 따져보기도 전에 로운은 이미 도착해버렸다.

"한 번 더 타자."

"한 번만?"

비탈을 뛰어 오르기는 힘들었지만, 미끄러져 내려오는 잠깐의 스릴이 우리를 추동했다. 무슨 일이든 그랬다. 짧은 행복을 위해 우리는 오랜 시간 힘들여 사는 것 같다. 언젠가는 호시절이 계속되기를 기원하면서.

나는 경사가 완만해지는 기착 지점에서 발을 한 번 힘차게 굴러줘야 한다는 걸 터득했다. 그러지 않으면 추진력을 잃고 완전히 멈춰버릴 수도 있었다. 그러면, 끝이었다. 내 썰매가 탈탈거리며 멈추려고 할 때, 뒤에서 로운이 나를 힘껏 밀었다. 썰매는 다시 활강하기 시작했다. 나는 아이처럼 소리를 질렀다. 썰매에 완전히 누워 두 팔다리를 번쩍 들었다. 배를 까고 뒤집어진 곤충처럼 보였을 것이다. 속도가 너무 빠르다고 느낀 순간, 로운이 번개처럼 달려와 내 썰매를 잡았다. 나는 버드나무와 충돌하기 직전에 멈췄고, 로운은 눈밭으로 고꾸라졌다. 속도 때문인지 충격 때문인지 심장이 터질 것만 같았다. 우리는 햇솜처럼 푹신한 눈밭에 벌러덩 드러누웠다. 하늘은 한 점 티도 없이 높고 파랬다.

"고마워."

내가 말했다.

"썰매 잡아준 거? 그 정도쯤이야."

"아니, 썰매 밀어준 거."

내 옆얼굴을 바라보는 로운의 시선이 느껴졌다. 나는 눈을 감았다. 로운이 뛰어오느라 버려둔 썰매가 혼자 힘으로 스삭스삭 우리 곁에 와서 멈췄다. 우리는 땀이 식을 때까지 잠시 그렇게 있었다.

민박집 아이 말대로라면 류이는 이번 주말에 한국을 떠날 것이다. 어쩌면 벌써 떠났는지도 모른다. 기력을 전부 소진해버린 나를 로운이 흔들어 깨웠다.

"맥주 마시러 가자."

술을 마시기엔 이른 시간이었지만 우리는 푸실마을에

새로 개업한 수제맥줏집으로 갔다. 말이 수제맥주였지, 주로 각국의 병맥주를 취급하는 곳이었다.

"버드와이저 두 병이요."

로운은 내게 묻지도 않고 주문했다. 그때 로운의 눈동자가 내 보라색 점퍼를 반영하여 블루베리처럼 짙어지는 것을 보았다.

종업원이 버드와이저 두 병을 가져왔다. 그리고 프링글스와 오레오가 담긴 나무 접시가 우리 앞에 놓였다. 로운이 나를 여기 데려온 이유를 알 수 있었다. 굳이 버드와이저를 주문한 이유도. 미국 서민들의 사랑을 받던 이 라거가 신제품에 밀려 케케묵은 유물이 되어가고 있었다. 우리는 버드와이저의 몰락을 추모하며 건배했다. 한 병은 단숨에, 두번째 병은 빙글빙글 돌려가며 천천히 마셨다. 그 여름 에이단이 그랬던 것처럼.

"어른이 되면 제일 먼저 해보고 싶었어."

로운은 고백하듯 말했다.

"겨우 맥주 마시는 거?"

"정확히는 버드와이저에 프링글스 먹는 거. 에이단은 그때 나랑 가장 가까운 남자 어른이었어. 나처럼 백인이었고. 내심 에이단이 우리 아빠였으면 좋겠다는 생각도 했어."

그랬구나. 나는 몰랐다. 나처럼 로운도 그리움을 품고

살았다는 것을. 로운과 은길 씨는 언제나 함께였고 행복해 보였으므로, 나는 두 사람에게서 어떤 불행이나 결핍도 느끼지 못했었다. 우리는 손바닥을 맞대듯 맥주병을 가볍게 부딪쳤다. 술기운이 오른 우리는 집으로 돌아가는 길에 어깨동무를 했다. 어릴 때는 쉬웠는데 지금은 팔을 쭉 뻗어야 로운의 목에 닿을까 말까 했다. 내일부터 맨날 어깨동무하고 다닐까. 그래, 오늘의 호연지기는 기억해줄게. 이런 잡담을 주고받으며 집 앞에 도착했다. 일순 우리는 말을 멈췄다. 우리 앞에 겨우살이를 업은 동백나무가 뭔가를 강력히 호소하는 자세로 서 있었기 때문이다.

"너 오늘이 무슨 날인지 아니?"

로운이 물었고,

"일요일?"

내가 바보 같은 답을 던졌다.

"오늘은 동지야."

로운이 양팔로 내 어깨를 끌어당기며 말했다. 그 말을 듣자마자 내 기억은 2014년의 동짓날 밤으로 쏜살같이 날아갔다. 훔쳐 마신 와인, 까치발, 휘청, 돌연한 열기, 새알심처럼 말랑하던……. 그때 로운의 입술이 내 입에 닿았다. 이번엔 슬러시처럼 차디찼다. 몸이 휘청하며 로운에게 끌려갔다. 그러나 알 수 없는 힘이 나를 막아섰고, 나는 가랑잎처럼 로운으로부터 떨어졌다. 나는 곧장 집 안으로 달려갔다. 온 집 안에 팥죽 쑤는 냄새가 진동했다. 놀란 눈을 한 은길 씨를 뒤로하고 나는 방으로 숨어들었다. 한참이 지나서야 로운이 현관문을 열고 들어오는 소리가 들렸다. 나는 베개에 얼굴을 묻었다. 로운에게 상처 주고 싶지 않았고, 나도 상처받고 싶지 않았다. 내 미욱한 행동이 우리 관계를 망칠까 봐 불안했다. 오늘 일을 로운이 개의치 않기를 바랐다.

아침에 아래층에 내려가보니 로운이 소파에 얼굴을 묻고 엎드려 있었다.

"자는 거야?"

대답이 없었다.

"죽은 거야?"

미동도 없었다.

"아픈 거야?"

로운이 벌떡 일어나 "쪽팔려서 그래!" 하더니 다시 쿠션에 얼굴을 파묻었다. 잠시 후 로운이 슬머시 고개를 들었다.

"감 장수 때문이지?"

"감 장수?"

"그래. 감삽니다, 감삽니다, 하는 그 사람."

류이를 말하는 거였다. 류이는 한국어로 "감사합니다"라

237

고 말할 때, 그렇게 귀엽게 발음했다.

"너 류이를 만났어?"

"안 만나기가 더 힘들지. 네가 동네를 안 돌아다녀서 모르는 모양인데, 나는 편의점에서도 보고, 카페에서도 보고, 우리 집 앞에서도 봤다!"

로운은 토라진 남동생처럼 굴었다. 그게 내 맘을 편하게 했고 내심 고맙기도 했다. 우리는 네 번째 완드 카드를 무사히 골라낸 것 같았다. 편안하고 안정된 관계, 무엇보다 '완성된' 관계. 로운에게 만큼은 나도 그런 존재가 되어주고 싶었다.

블루문

베닝턴의 숲속에 뿌려줘.

유언은 이 한마디뿐이었다. 나에게는 두 권의 '그림자의 서'가 남았다. 하나는 마녀 키르케, 다른 하나는 마녀 이연의 것이었다.

엄마의 병이 위중하다는 레이디 벨라도나의 연락을 받고 나는 베닝턴으로 돌아왔다. 두 마녀는 하얀 돌담집에서 여전한 모습으로 지내고 있었다. 병색이 깃든 와중에도 엄마의 두 눈은 형형하게 빛났다.

엄마가 떠난 날은 블루문*이 뜬 밤이었다. 핼러윈에 블루문이 뜬 것은 19년 만이라고 했다. 그날 밤 우리 세 식구는 이른 저녁을 먹었다. 이번에는 내가 엄마와 레이디 벨라도나를 위해 식사를 준비했다. 뱅쇼를 끓이고 닭고기 카레를 만들었다. 나에게는 비장의 메뉴가 있었다. 서울에서 올 때 은길 씨가 싸준 마늘장아찌였다. 평소와 다를 것 없는 평온한 저녁이었다. 우리는 서울에서의 내 생활과 앞으로의 진로에 대해 이야기를 나눴다.

"이단, 네가 오니까 정말 좋구나."

레이디 벨라도나가 내 손을 붙잡고 말했다. 엄마는 나에게 앞으로 서울에서 사는 게 어떻겠느냐고 했다.

"이단, 네 고향은 푸실마을이다. 한곳에서 나고 자란 것은 축복이란다."

엄마는 늘 자신의 고향이 베닝턴의 숲이라고 말했었다. 엄마는 서울에서 태어났고, 보스턴을 거쳐 베닝턴에서 성장했지만, 엄마에게 정서적으로 가장 가까운 곳은 베닝턴의 숲속이었다. 레이디 벨라도나가 우리의 대화를 듣다가 코를 훌쩍였다.

저녁을 먹고 나서, 나는 엄마에게 타로점을 부탁했다. 우리는 타로 리더와 시커의 자격으로 마주 앉았다. 엄마에게 정식으로 타로점을 본 것은 이때가 처음이자 마지막이

* 양력 기준으로 한 달에 보름달이 두 번 뜰 때, 두 번째 뜨는 보름달.

었다.

엄마가 물었다.

"뭐 볼 건데?"

"연애점."

내 대답에 벨라도나가 손뼉을 쳤다.

"이연이 연애점은 귀신같이 잘 보지."

엄마는 까만 스프레드 천을 깔고 노련한 손짓으로 카드를 섞었다.

셕셕셕 쉬리리릭 척척 치익-띡.

나는 눈을 감고 그 소리를 즐겼다. 내 상상 속에서 그 소리는 맛과 향기와 촉감이 있었다. 그것은 어느 나른한 여름밤, 동백나무 잎사귀가 파다닥 떨리고 부엌에서는 쌀밥이 보글보글 익어갈 때, 계단참에 엎드려 꾸던 내 유년의 꿈이었다. 나는 오감으로 그 소리를 음미했다. 그리고 질문했다.

"나는 그를 다시 만나게 될까요?"

나는 세 장의 카드를 뽑았다. 엄마는 카드를 뒤집어 내 앞에 내려놓았다.

은둔자, 여덟 개의 검 그리고 마법사.

엄마는 빙긋 웃으며 카드를 읽기 시작했다.

그 밤에 블루문이 떠올랐다.

무엇이 아쉬워서 한 달에 두 번을 찾아왔을까. 엄마는 블루문 아래서 마지막 리추얼을 거행했다. 이연이라는 한 사람의 생애와 마녀로서의 일생이 그렇게 저물어갔다. 엄마는 의식을 마치고 방으로 돌아가 조용히 잠들었다. 나와 레이디 벨라도나가 엄마와 한방에서 잤다. 우리는 어떤 직감에 사로잡혀 있었다. 한밤중에 엄마가 나직한 목소리로 우리를 깨웠다.

"키르케에게 갈게. 베닝턴의 숲속에 뿌려줘."

나는 눈물을 들키지 않으려고 황급히 시선을 돌렸다. 창밖에서 잭오랜턴 서너 개가 도깨비불을 번뜩였다. 숲의 정령들이 엄마의 영혼을 지켜주고 있었다.

장례를 치르고 열흘을 더 베닝턴에 머물렀다. 나는 엄마와 키르케가 남긴 '그림자의 서'를 탐독했다. 어떤 페이지는 너무 낡아서 채집된 곤충의 날개처럼 바스라져 버렸다. 어떤 글씨는 알아볼 수 없었고, 키르케가 써 놓은 아일랜드 방언은 해독할 수 없었다. 그러나 그 안에 담긴 주술적 상징과 기호들은 이해의 영역을 넘어 심미적이고도 신령한 기운을 갖고 있었다. 이 두 권의 마녀 일기는 어떤 책보다도 나의 상상력을 자극했다.

엄마의 노트는 일정한 양식에 따라 기록되어 있었다. 첫 기록은 1974년, 마녀로서 입회식을 받던 날부터 시작되었다. 엄마는 입회식의 절차와 방법을 적고, 의식을 치르면서 느꼈던 감정의 흐름을 세세히 기록했다. 자기 내면을 차분히 들여다보는 문장들을 읽으며, 나는 엄마의 영혼과 연결되는 느낌을 받았다. 엄마는 감정 표현이 별로 없는 사람이었다. 하지만 내면에는 이토록 섬세하고 풍부한 감성이 움직이고 있었던 것이다.

중요한 리추얼을 행한 날들의 기록은 계속됐다. 무려 45년간의 끈질긴 기록이었다. 마녀 이연이 겪었던 수없이 마법적이고 신비한 순간들이 고스란히 담겨 있었다. 나는 베닝턴의 숲속에서 엄마가 에이단에게 행했던 리추얼 기록을 찾아냈다. 이 챕터만은 일정한 양식을 따르지 않고 일기처럼 기록되어 있었다.

심장과 폐 기능이 멈추면 법률적으로 사망선고가 내려진다. 곧바로 영안실의 냉동고로 '시체'가 옮겨진다. 하지만 피가 완전히 묽어지기 전까지 영혼은 몸에 머무른다. 에이단의 영혼이 신체를 완전히 떠나기 전에 숨을 불어넣고 심장을 다시 뛰게 해야 한다. 몸이 냉동 상태가 되거나 부검으로 훼손되어서는 안 된다.

얼어붙은 바다도 깬다는 바로 그 도끼로 머리를 맞은 기분이었다. 엄마는 정말 에이단을 살려내려 한 것일까. 의사가 사망선고를 내리기 전에 에이단을 빼내야 했던 이유를 알 것 같았다. 이제부터 소생술을 할 테니 시체를 내달라고 할 수는 없었을 것이다. 나는 계속해서 글을 읽어나갔다.

소생술은 의식을 치르는 환경과 조건이 완벽히 맞아떨어질 때에만 극히 제한적으로 성공한다. 제일 중요한 것은 마녀의 수행력이다. 성공률은 제로에 가깝지만, 마법은 확률에 기대지 않는다. 베닝턴의 '신성한 숲'이 가장 적합한 환경이다. 자연 환기 구조가 숨이 되어줄 것이며, 땅으로부터 올라오는 수압은 맥박이 될 것이다. 에이단을 여덟 시간 이내에 옮기고 리추얼을 거행해야 한다.

시야가 흐려졌다. 에이단의 손에 온기가 돌아오던 순간이 또렷하게 떠올랐다. 에이단은 내 눈을 보며 말했었다. 이번에는 운이 아주 좋았다고. 돌이켜보니 이번 생은 운이 좋았다고 말한 것 같기도 했다.

만약 실패한다면?
그의 영혼이 떠나온 곳으로 무사히 돌아갈 수 있도록 가장 자연스럽고 편안한 방식으로 보내주어야 한다.

기록은 거기서 끝나 있었다. 의식을 진행했던 세세한 디
테일은 적혀 있지 않았다. 왜일까. 감정이 섞여서 객관적
인 정보는 기술하기 힘들었던 걸까. '무사히 돌아간다'는
건 무슨 뜻일까. 무사한 죽음이라는 게 있을까.

뒷장으로 넘기면서 그 이유를 알게 되었다. 엄마는 소생
술에 대한 연구를 아직 끝낸 것이 아니었다. 그날 에이단
은 잠깐 동안 의식이 돌아왔지만 이내 떠나고 말았다. 엄
마에게 그 리추얼은 뼈아픈 실패였다. 그 후의 기록들은
대부분 소생술에 대한 연구와 실험으로 채워져 있었다. 베
닝턴으로 이주해 서재에만 틀어박혀 지내던 시절의 엄마
가 떠올랐다.

환생의 돌, 진공상태, 시랍화…… 이런 단어들이 문장
안에 어지럽게 섞여 있었다. 그러다가 비교적 최근의 기록
에서 나는 흥미로운 내용을 발견했다. 첫 문장은 이렇게
시작했다.

세상 만물의 기본 구조가 불, 물, 공기, 흙의 4원소로 이
루어져 있다는 것에 대한 의구심…….

나는 마법이나 마녀의 철학에는 문외한이었지만, 4원소의 개념이 고대 그리스에서부터 기원되었다는 것은 알고 있다. 서양의 점성술과 연금술에서, 특히 타로 카드에서는 매우 핵심적인 개념이었다. 마녀가 4원소를 부정한다는 건 있을 수 없는 일이었다. 엄마도 망설였는지 '의구심'이라는 단어 끝에 말줄임표를 붙였다.

엄마는 4원소를 대체할 수 있는 개념으로 '음양오행'에서 말하는 다섯 가지 원소를 꼽고 있었다. 그 개념에 대해 자세히 상기한 뒤, 마법원 대신 '불, 물, 나무, 쇠, 흙'으로 구성된 마법 트라이앵글을 일으켜 모의 소생술을 치르는 장면을 묘사했다. 물과 불과 쇠를 삼각형의 꼭짓점에 배치시키고 정중앙에 흙을 둔다. 나무는 흙으로부터 수직 상승한 공중에 놓는다. 그로써 삼차원의 마법적 공간이 완성된다고 적었다. 소생시키려는 자의 인중과 백회, 명관, 명문, 용천과 회음에 뜸을 떠서 기를 순환시켜야 한다고도 쓰여 있었다.

엄마는 언제 이런 것들을 공부한 걸까. 엄마는 아일랜드 마녀의 딸로 자랐다. 엄마가 동양의 우주관을 연구했다는 건 나조차도 몰랐던 일이었다. 엄마는 자신의 신념 안에서 서로 다른 두 세계의 조화를 꿈꿨다.

나는 엄마가 진정한 마녀였다는 것을 인정하지 않을 수 없었다. 가치관을 넘어서고 또 넘어서서, 자유롭게 날아다닌 사람이 우리 엄마였다. 엄마가 자신만의 방식으로 소생술에 성공했는지는 알지 못한다. 다만 마지막 장에 엄마가 책갈피처럼 꽂아둔 여덟 개의 컵 카드를 발견했다. 성취한 것들을 스스로 등지고 떠나는 인물이 그려져 있었다. 하늘에는 보름달과 그믐달이 동시에 걸려 있다. 이미 가득 찬 달과, 다시 차올라야 하는 달. 내 시선은 두 개의 달에 오래도록 머물렀다.

내 작은 인식으로는 영원히 마법을 이해할 수 없겠지만, 나는 마법의 신비가 인과의 너머에 있다는 것을 알고 있다. 키르케는 마법이 우주 에너지를 바꾸는 일이라고 썼다. 그의 목표는 우주 안의 영적인 존재로 진화하는 것이었다. 반면, 엄마는 숨 쉬고 살아가는 일상 안에 마법이 있다고 믿었다. 그리고 어떤 선택을 하든지 그것은 시커의 영역이라고 했다. 주술사든, 마법사든, 타로리더든 혹은 마녀라 할지라도 그것은 침범할 수 없는 영역이었다. 무작위로 뽑아 낸 카드가 현실 세계를 작동시킨다는 믿음은 어떤 과학적 근거도 없다. 그래도 나는 가끔 타로점을 본다. 시커의 영역을 지키기 위해서.

에이단이 서울을 떠나기 전 그랬듯이, 나는 스스로를 묶고 있던 속박에서 벗어나기로 결정했다. 에이단은 인생을 운에 맡기는 사람이 아니었다. 그의 인생은 온전히 그의 선택이었고, 그의 죽음마저도 그랬다. 숭고한 희생을 누구의 탓으로 돌려서는 안 된다. 그것은 나의 잘못도, 엄마의 잘못도 아니며 류이의 잘못은 더더욱 아니었다. 너무 늦기 전에 나는 류이에게 그 말을 해주고 싶었다. 네 잘못이 아니라고, 살아줘서 고맙다고.

두 권의 '그림자의 서'를 들고 나는 뉴욕으로 향했다. 페샤의 스튜디오에서 한 블록 떨어진 곳에 뉴올리언스에서 온 집시가 살고 있었다. 몹시 허기진 기분으로 나는 그에게 타로점을 청했다. 나는 눈을 감고 집시가 카드 섞는 소리에 귀를 기울였다.

'이 소리를 듣기 위해 여기 왔구나.'

모든 것이 충족된 기분이었다. 더 이상의 답은 필요하지 않았다. 가진 돈을 모두 털어 집시에게 팁을 주고 그곳을 나왔다.

이튿날은 토요일이었다. 기타를 들고 매디슨스퀘어가든으로 갔다. 일부러 한 정거장 전에 내려 천천히 걸었다. 나에게 산책하는 즐거움을 알게 해준 건 류이였다. 뉴욕에 도착한 첫날, 나는 그와 함께 이 길을 걸었다.

류이를 처음 만난 장소에 도착하자 나는 어쿠스틱 기타를 둘러멨다. 많은 용기가 필요했다. 심호흡을 하고 노래를 부르기 시작했다. 행인들은 무심히 스쳐 갔고, 간간히 박수 쳐주는 사람도 있었다. 〈Let me down slowly〉와 〈별 보러 갈래?〉에 이어 내가 부를 수 있는 곡들을 모두 불렀다. 우리의 인연이 다시 닿기를 바라면서.

그러나 날이 저물기 시작했고, 손끝에 닿는 바람이 점점 매몰차게 느껴졌다. 주머니에 손을 넣어 빨간 피크를 꾹 눌렀다. 기분이 조금 나아졌다. 이제 마지막 곡을 부를 차례였다.

멈춘 시간 속 잠든 너를 찾아가
아무리 막아도 결국 너의 곁인 걸
길고 긴 여행을 끝내 이젠 돌아가
너라는 집으로 지금 다시 Way back home

내가 'I'm not done'이라는 마지막 가사를 부르고 고개를 들자, 내 앞에 류이가 나타났다. 그가 내게로 걸어오고 있었다. 깊은 못처럼 많은 것을 담은 눈, 이제 나는 그 눈에 담긴 진심을 읽어낼 자신이 있었다. 그의 헝클어진 머리카락에 다섯 손가락을 깊숙이 찔러 넣고, 오래도록 쓸어줄 것이다.

나는 류이에게 간다. 이것이 나의 선택이다.

작가의 말

2년 전 교외의 마당 딸린 집으로 이사한 후 밤하늘을 올려다보는 버릇이 생겼다. 거기, 별이 있었기 때문이다. 암막한 하늘에 사금파리처럼 작게 반짝이는 것, 샛별보다 작은 별 하나가 달빛에 기죽지 않고 요요히 빛나고 있었다. 신기하게도 그 별을 발견하자, 주변에 숨어 있던 다른 별들도 하나둘 눈에 띄었다. 은은하게 산개한 별 무리는 자세히 들여다봐야 보였다. 친구에게 마당에서 별이 보인다고 했더니, 웃으면서 거짓말하지 말라고 했다. 잠시 뜸을 들이다가, 너희 집에 놀러 가도 되느냐고 물었다.

은하계에는 수천억 개의 별이 있다는데, 그중 겨우 몇 개를 보는 일이 '거짓말' 같은 일이 되어버렸다. 언젠가 우리는 일일이 설명해야 될지도 모른다. 물보라만큼이나 많은 별이 한때 저기 있었다고. 지구 어느 곳에선가는 아직도 볼 수 있다고. 분명히 존재하는데 보이지 않는 것, 그런 것이 또 세상에는 얼마나 많을까.

이 소설은 그런 마음에서 시작되었다. 별들의 시절이 있었던 것처럼 마법의 시절이 있지 않았을까. 다만 어떤 연유로 우리의 시야가 흐려져 찾을 수 없게 된 것은 아닐까. 세상에는 여전히 마녀의 삶을 사는 이들이 있었다. 내가 알지 못했을 뿐 마녀가 사라진 것은 아니었다. 그들의 우원한 삶은 뒤늦게 소설을 쓰겠다고 결심한 나의 인생과 별반 다르지 않아 보였다. '자연을 따르며, 타인에게 해가 되지 않는 한 의지대로 행하는 삶'이라는 모토는 어떤 레토릭보다도 나를 사로잡았다. 단순하고 명료한 저 문장을, 하루도 지키기 힘든 시절이 나에게도 있었다.

그 시절, 걷다가 충동적으로 타로점집에 들어갔다. 카드로 미래를 바꿀 수 있느냐는 미욱한 질문을 던졌다. 타로 리더가 답하기를, 미래를 바꾸는 것이 아니라 현재의 감정을 바꾸는 거라고 했다. 현재의 감정이 바뀌면 당연히 앞

날도 바뀌는 거라고. 좋은 쪽으로든, 나쁜 쪽으로든.

그 말을 듣고 나는, '운명과 의지'에 대한 이야기를 한 번쯤 써보고 싶다고 생각했다. 그 생각은 금세 지워졌다. 운명과 의지라니. '제 주제를 모르고 주제를 정하면 소설이 망한다'는 소설 교실에서 들은 농담이 떠올랐다.

당연하게도 이 소설을 쓰기 시작했을 때 운명이니 의지니 삶이니 하는 거창한 의미를 염두에 둔 것은 아니었다. 다만 한 마녀와 마녀를 엄마로 둔 딸의 이야기를 그려보자는 단순한 구상에서 출발했다. 한 문우가 "이 소설을 운명과 의지에 대한 이야기로 읽었다"고 말해주었고, 그제야 그 마음이 내내 남아 있다가 소설 속으로 스민 게 아닌가 하는 생각이 들었다.

지난해 이른 봄부터 늦가을까지 팬데믹이 한창이던 시기에 소설의 초고를 완성했다. 봄에 '마녀의 딸'을, 한여름에는 '세 개의 달'을, 쌀쌀해질 무렵에 '그림자의 서'를 썼다. 오후에는 마스크를 쓰고 한 시간씩 공원이나 산책로를 걸었다. 몸을 움직일 때 머리가 잠시 쉬었다. 쓰는 동안 내내 이 소설이 단 한 명의 독자라도 만날 수 있을까 하는 불안감에 시달렸다. 내 소설이 한 권의 책이 되어 세상에 나올 확률은 얼마큼일까. 이런 생각이 극도에 다다랐을 때 이연이 '그림자의 서'에 '마법은 확률에 기대지 않는다'고 썼다.

겨울에는 우리 집 옥상에서 오리온자리를 찾았다. 사랑하는 연인이 쏜 화살에 맞아 죽은 사냥꾼의 별자리이다. 지인이 밤하늘에 손가락을 짚어 가르쳐준 이후 종종 찾아보곤 한다. 얼마 후에 별을 보러 떠났다는 친구의 꿈을 꾸었다. 꿈속에서 그는 희붐한 골목에서 홀로 별을 헤고 있었다. 다시 봄이 되었고, 출판사로부터 당선 소식이 왔다. 여름에 유성우가 쏟아졌다. 가을 저녁 평화누리공원에 누워 별 구경을 했다. 겨울, 나의 첫 책이 출간을 앞두고 있다.

감사를 전하고 싶은 분들이 많다. 내 소설의 잉태를 위해 사랑과 시련(?)을 주시는 나의 가족 바비 씨와 비비 씨 그리고 별보다 예쁜 우리 엄마, SNL보다 웃긴 세 언니와 소설을 읽지 않는 오빠에게 내가 쓴 책을 드릴 수 있어 기쁘다. 그리고 언젠가 다시 만날 우리 아빠, 막내딸이 소설가가 되었습니다.

따뜻하고 아름다운 미문 님들, 술과 소설에 진심인 장편 모임 문우들에게 고맙다. 자음과모음 김정은 부장님에게도 감사하다. 첫 책을 함께 만든 인연이 내게 소중하다. 마지막으로 이 소설이 독자들 곁에 가 닿을 수 있도록 기회를 주신 심사위원들께 감사드린다.

소설을 탈고한 후에는 다른 사람이 된 기분이 든다. 이전의 나와는 결코 같을 수 없는 내가 새로 태어난 것 같다. 소진되어버린 기분, 이내 충만하게 차오르는 기분. 그 과정이 결코 쉽지만은 않지만, 몇 번이라도 완전히 소멸되고 다시 태어나고 싶다.

2021년 겨울

이수안

—이 소설을 쓰면서 다음 도서들을 참고했습니다.

- 크리스토퍼 델,『오컬트, 마술과 마법』, 장성주 옮김, 시공사, 2017.
- 한연,『The Tarot Book for Apprentice』, 도서출판 연원, 2017.
- 마담 이포,『마녀들의 비밀일기』, 황정은 옮김, 힘찬북스, 2020.
- 박한진·박기주,『위치크래프트』, 성숙한삶, 2016.
- 김차현,『해와 달과 자연과 소통하는 마녀』, 다크아트, 2017.

—소설 속 마녀 키르케의 리추얼 장면은 유튜브 〈Wiccan Goddess Chant〉
를 참고했습니다.

시커의 영역

© 이수안, 2022

초판 1쇄 인쇄일 2022년 1월 6일
초판 1쇄 발행일 2022년 1월 25일

지은이   이수안
펴낸이   정은영
편집   김정은 정사라
마케팅   최금순 오세미 김하은
제작   홍동근

펴낸곳   (주)자음과모음
출판등록   2001년 11월 28일 제2001-000259호
주소   10881 경기도 파주시 회동길 325-20
전화   편집부 (02)324-2347 경영지원부 (02)325-6047
팩스   편집부 (02)324-2348 경영지원부 (02)2648-1311
이메일   munhak@jamobook.com

ISBN 978-89-544-4800-0 (03810)